U0055772

八咫烏系列　卷二

烏は主を選ばない

烏鴉不擇主

阿部智里
Chisato Abe

宗家·四家族譜

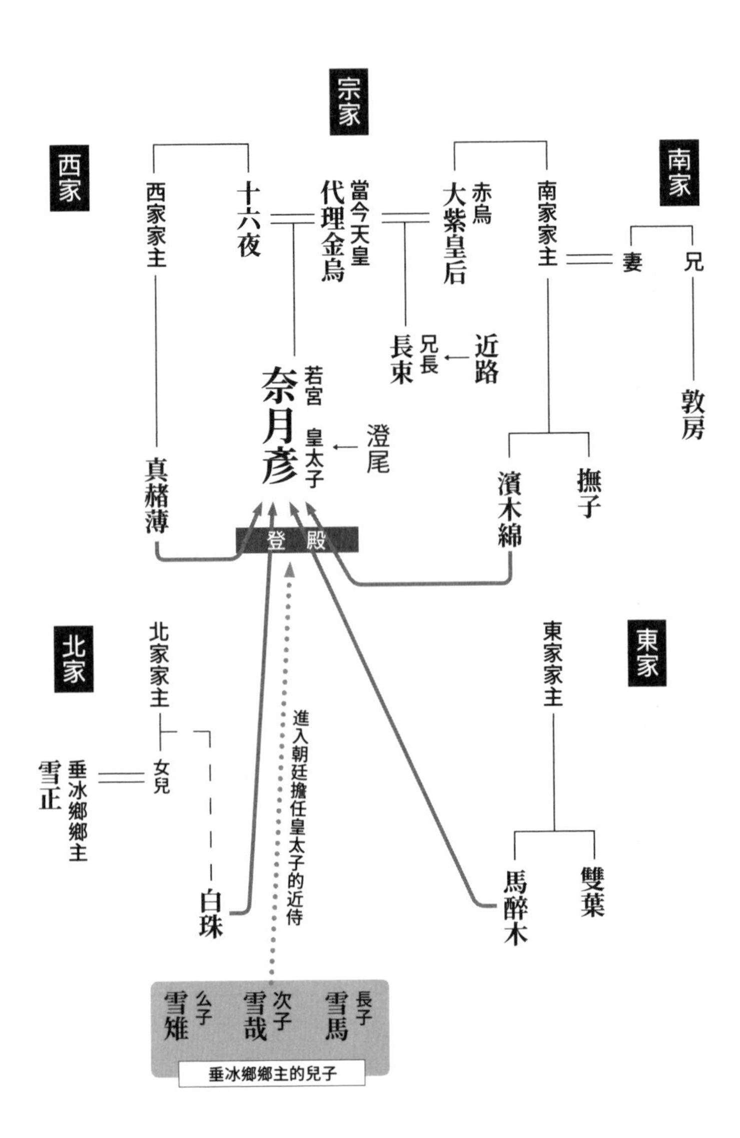

宗家
西家
南家
北家
東家
西家家主
十六夜
當今天皇
代理金烏
赤烏
大紫皇后
南家家主
妻
兄
長東
兄長
近路
敦房
若宮
奈月彥
皇太子
澄尾
真赭薄
濱木綿
撫子
登殿
北家家主
女兒
垂冰鄉鄉主
雪正
白珠
進入朝廷擔任皇太子的近侍
東家家主
馬醉木
雙葉
么子
雪雉
次子
雪哉
長子
雪馬
垂冰鄉鄉主的兒子

目次

・用語解說・

山內　山神開闢的世界。掌管山內的族長一家，稱為「宗家」，宗家之長為「金烏」。由東、西、南、北四大具有實力的四家貴族，分別治理東領、西領、南領和北領。

八咫烏　生活在山內的住民。卵生，可變成烏的外形，但平時以人的外形生活。「宮烏」指貴族階級（尤其住在中央的貴族），住在街上從事商業活動者稱為「里烏」。在地方從事農業的庶民稱為「山烏」。

招陽宮　族長家的皇太子、下一代金烏的「日嗣之子」皇太子的居所，和治理政治之地，和朝廷中心的「紫宸殿」相連。

櫻花宮 日嗣之子的后妃居住、相當於後宮的宮殿。實力強大貴族的女兒入內成為候選皇后，搬入櫻花宮，就稱為「登殿」。日嗣之子在這裡一見傾心的人，將成為皇太子的妻子，成為「櫻君」，掌管櫻花宮。

谷間 允許妓院和賭場存在的地下社會，同時也是建立了和正常社會不同的獨特規定的自治組織。掌管該地住民的幹部住處，稱為「地下街」，很少允許外人進入。

山內眾 宗家的近衛隊，在名為「勁草院」的培訓機構，接受未來成為高級武官的嚴格訓練，只有成績優秀者才有資格成為護衛。

某皇太子曰。
金烏誕生，造成乾旱。
金烏誕生，引發水災。
金烏誕生，動亂頻傳，眾多八咫烏喪生。
皇太子嘆曰。
金烏爲何而生？

金烏聞之後答曰。

某時發生乾旱。
某時發生水災。
某時動亂頻傳，眾多八咫烏喪生。
故有金烏誕生。

摘自《青烏坊夜話》第一夜「金烏的故事」

第一章　廢物次子

雪哉醒來時，最先映入眼簾的，是夕陽漸漸西沉的天空。飄散的雲朵在斜陽的照射下，發出金色的光芒。

他正想起身，頓時感到全身疼痛，忍不住閉上了眼睛。

「可惡……竟然下手這麼狠。」

他放棄起身，再度在地上躺成了大字。空氣冰冷清澈，冷得他手腳都有點麻木了。

他躺在那裡仰望天空，在淡淡的晚霞中，看到一個黑影飛向這裡。

那是一隻烏鴉，而且是一隻三腳烏鴉，體型比普通的烏鴉更大。

雪哉看著那隻烏鴉越飛越近，忍不住扶著額頭叫了一聲：「啊呀！」

只見那隻烏鴉飛到自己的上方，接著急速下降，幾乎快撞到地面時，烏鴉的身影猛然扭曲變形，就像捏糖人似的，身體漸漸幻化，下一剎那，變成了人的樣貌。

「雪哉！」

當那隻大烏鴉出現在雪哉面前時，已經變身成一位穿著黑衣的少年。

他不是別人，正是雪哉的哥哥。

「怎麼了？你為什麼露出這麼可怕的表情？」

雪哉故意裝糊塗問道，好像不知道發生了什麼事。

「笨蛋！當然是來找你啊！你以為現在幾點了？」

哥哥的額頭浮著青筋喝斥道。雖然哥哥大聲咆哮，但雙眼露出了關切的眼神。

「對不起，讓你擔心了。」雪哉發現哥哥看著自己身上的傷，笑著掩飾道。

「傷勢如何？」

「沒有大礙，只是跌倒了，撞到頭而已。」

「跌倒的話，肚子上會有腳印嗎？」哥哥一臉懷疑的表情打量了弟弟的全身，突然露出了嚴肅的表情問：「……是昨天那票人嗎？」

「我不是說了嗎？只是跌倒而已。」雪哉苦笑著。

哥哥冷笑一聲，似乎在說，**誰會相信你的鬼話**。

「你的臉該怎麼辦？」

「怎麼了？」

「鼻青臉腫啊！」

今天全家都要去家主宅邸拜年。父親已經先行一步到達，離開之前曾經再三叮嚀：因為會有很多達官貴人都會去，衣著切記要端莊。

「喔，你是說那件事。沒關係，橋到船頭自然直。」

「……你又在打什麼鬼主意？」

「沒有啊！」雪哉笑了起來，然後窺視著哥哥的臉說：「不是時間來不及了嗎？」

「對啊！趕快回去換衣服，要在太陽下山之前抵達北家的本邸。」

哥哥說完抬頭望向天空，天色比剛才更暗了些。

雪哉和其他八咫烏到了晚上就無法變身，如果要飛空趕路，就必須抓緊時間。

「你這次又闖了什麼禍！」三兄弟的父親抱著頭，發出了悲痛的叫聲。

「喔，我只是不小心跌倒了。」讓父親傷透腦筋的次子，滿不在乎地回答。

一家子聚集在家主宅邸門口，只有雪哉的異樣格外引人注目。雖然他和哥哥、弟弟都是一身正裝，但臉上的瘀青慘不忍睹，眼皮還流著血，腫了起來，一隻眼睛幾乎無法睜開。

陸續集合的其他鄉長的家族一看到雪哉，都忍不住竊竊私語。

雪正是北領垂冰鄉的鄉長，他因年紀輕輕就擔任鄉長而遠近馳名。

八咫烏支配的〈山內〉，由四領和區分四領的十二個鄉所構成，鄉長的地位不低，雖然是世襲制，但能在二十歲出頭就當上鄉長，可說是史無前例。雖然一度有人對此說長道短，但在他正式迎娶家主女兒之後，就再也沒有人對此感到不滿。

成為鄉長繼承人的長子非常優秀，乍看之下，雪正過著人人稱羨的生活，但他只有一個煩惱——那就是次子雪哉。

令人傷腦筋的是，次子雪哉是個笨得出奇的傻蛋，雪正甚至懷疑他的腦袋是不是有問題。他和大一歲的雪馬能夠一起讀書的時間很短暫，不久之後，就連比他小五歲的弟弟都超越了他，雪正忍不住頭痛起來。幾年前，雪哉為了尋找走失的弟弟，結果自己也迷了路，呆頭呆腦的樣子讓人根本笑不出來。

雪哉也因此成為了垂冰鄉的名人，大家都知道他是「鄉長家的廢物次子」，不僅腦袋不靈光，還很沒出息，根本不配成為武家的人。

垂冰鄉所在的北領有許多武人，率領這些武人的鄉長一家人當然武藝高強。雪正的叔叔和弟弟都是在中央赫赫有名的武人，么子雪雉也倍受矚目，日後將走上武人之路。

只有雪哉完全不行。雪正心灰意冷地確信，如果讓他以武人的身分前往中央，日後一定會成為垂冰鄉，甚至是北領的恥辱而遺臭萬年。

在雪哉身上完全找不到一丁點鬥志，每天早上練武時也有氣無力，不堪一擊。當他們三兄弟比試時，才剛喊「開始！」他的木刀就被打落在地。

三個兄弟中，只有雪哉很不爭氣，再加上他的出生有些問題，所以未來令人堪慮。

「饒了我吧……！真不知道該怎麼向家主解釋。」雪正忍不住仰天長嘆。

北領家主英勇善戰，雖不至於斥責雪哉，但可能會說：**太不像是武家的孩子了**。

「剛才已經用井水冷敷了一下。」雪正的妻子一臉為難地說，「老爺，請您不要罵雪哉。無論家主問什麼，都由我來說明吧！」

妻子拼命袒護雪哉，但她其實並不是雪哉的親生母親。

垂冰的三兄弟中，雪哉和其他兩個兄弟的母親不同。由於雪哉的生母很早就去世，雪正賢慧的妻子把雪哉視如己出，悉心照料他長大，所以平時都不會想到這件事。但今天要出席有很多重要人物的大場子，如果雪哉又做出什麼失態之舉，得讓妻子為他善後，不知道別人又會在背後議論什麼了。

「不，妳不需要為這件事道歉。」雪正渾身無力，無奈地向妻子搖了搖頭。

「對啊，是我自己做了蠢事！」雪哉若無其事地說道。

「雖然你說的完全正確，但你這個蠢蛋沒資格說這句話。」雪正狠狠瞪了他一眼，恨不得掐死他，接著用手遮住了臉嘆著氣說道：「你們可能不知道，今天還有貴客出席。長束親王目前來到北領，他是之前的皇太子，雖然讓位給弟弟後為山神效力，但在朝廷內的實力不容小覷。」

「是金烏宗家的人嗎？」聽敏的長子聽到前皇太子造訪，倒吸了一口氣。

「是的。如果你打算繼承我的職位，最好讓長束親王記住你的長相。」

金烏宗家，指的是族長一族。

山內的東領屬於東家，南領屬於南家，西領屬於西家，北領屬於北家，東南西北四領由稱為〈四家〉的大貴族統治。根據傳說，四家起源於始祖——第一代〈金烏〉的孩子。因此，四家是族長金烏家的分家，金烏家則被稱為〈宗家〉。

長束在十年前的政變中失去了皇太子的地位，至今仍然是宗家很受尊敬的皇子。更何況他是宗家的長子，也確保了他在朝廷中的地位。

「為什麼偏偏是今年大駕光臨……」

事到如今，也不能把次子趕回家。雪正感到胃痛不已，獨自走進偏廳，苦惱呻吟著。

轉眼之間，輪到垂冰鄉向家主拜年了。

雪正和嫡子雪馬走在前面，帶著妻子、次子和么子走往大廳中央。和北家有淵源的貴族〈宮烏〉，都已經聚集在主廳兩側，圍著來向家主拜年的雪正一家人。北領家主，也就是北家家主，和夫人一起坐在前方的上座。

一個身材魁梧的陌生男子，輕鬆自在地坐在和家主同等地位的椅子上。這名年輕人的體格很壯碩，絲毫不比高大的家主來得遜色。他五官英俊端正，似乎充分展現了尊貴的出生，在他身上完全感受不到其他宮烏身上常見的柔弱。他一頭粗硬的黑髮披在一身紫色袈裟上，雖然輕鬆自在地坐在那裡，但背挺得筆直，眼神毅然，整個人散發出凜凜威風。

「家主，先向您恭賀新禧。」雪正表達了此行目的作為開場白。

「恭喜啊！」家主開心地舉起一隻手應了一聲。

「雪正，把頭抬起來，謝謝你們全家來拜年。還有，阿梓！」家主親切地叫喚著雪正妻子的小名。「我好久沒看到妳了，孩子們都還好嗎？」

「很好。」三兄弟低著頭回答。

「託家主的福，一切平安無事。」被點到名的梓也露出恭敬的微笑，抬起了頭說道。

家主聽了之後心滿意足地點了點頭，然後伸手指向身旁的年輕人。

「我來為你們介紹一下，這位是金烏宗家的長束親王，你們也向他打聲招呼。」

果然是前皇太子。雪正心裡思忖著，恭敬地鞠了一躬。

「你就是垂冰鄉的雪正鄉長嗎？雖然今天是我們第一次見面，但我之前就很想和你聊一聊，希望等一下宴會時，我們可以坐在一起。」

長束落落大方地點了點頭，說話的聲音十分宏亮。

「是！萬分榮幸。」

不愧是宗家的八咫烏。雪正對比自己年紀小很多的年輕人感到震懾不已，再度行禮。

「我很看好雪正，相信日後他可以助長東親王一臂之力。」

家主在一旁開心地看著，捻著下巴的鬍子補充說道。

「太好了。」

「最重要的是，垂冰的孩子都很優秀，我也很期待未來……」

家主越說越小聲，雪正猜想他終於看到雪哉的臉，驀然聽到背後傳來啜泣聲，才大吃一驚地察覺不是這麼一回事。

「喂，雪哉，你是怎麼了？為什麼哭？」家主困惑地問道。

雪正忍不住轉過頭一看，次子的後背不停地顫抖，而且未經許可就舉起了手。雪正根本來不及制止，他那張又青又腫、滿是鼻涕和淚水、狼狽不已的臉，就這樣曝露在這些達官貴人面前。雪正可以感受到上座的氣氛頓時發生了變化。

「雪哉，你的臉怎麼了？」

家主夫人最先開口，她比家主更常見到雪正的這幾個孩子，所以看到雪哉的慘況，似乎無法保持平靜。

「夫人，這是……」

「都是我的錯，我沒有搞清楚自己〈山烏〉的身分。」雪哉泣不成聲地打斷了雪正的聲音，大聲地喊了起出來。「真的很對不起！但請不要繼續糟蹋我的家人了。」

在場的所有人都目瞪口呆，雪哉猛然站起身，沒有看上座一眼就跑了起來，然後直直地衝向客廳角落，當場跪地磕頭。

「請你原諒我，不管要我做什麼都行！啊，但是不要再打我了！」

雪哉面前的那個人比在場所有人更加臉色鐵青，瞪大了眼睛看著雪哉。

那是一名年輕的宮烏，年紀大約只有十五歲左右，坐在客廳的末座。雖然地位不高，但仍然是宮烏。

「這、這是怎麼回事？」看起來像是少年父親的宮烏在少年身旁緊張地問。

雪正一家人、家主夫婦，以及雪哉磕頭的那個年輕人立刻轉移陣地，來到僕人貼心準備的另一個房間。聽了雪哉的哭訴，和兩個兄弟的說明，雪正終於瞭解了整件事的全貌。

「你的意思是，這件事的起因，是因為這個年輕人吃了在本鄉販賣的麻糬，但是沒有付錢，是嗎？」

「對，沒錯！」

因為正值新年，地方上也會有小型的市集。從中央回到鄉里的這個年輕的宮烏，沒有付錢就吃了在市集販賣的麻糬。

雪正的么子是垂冰鄉的孩子王，他憤然地說明了事情的來龍去脈，因為被吃了霸王餐的小孩子去向他告狀。

「既然這樣，為什麼雪哉會受傷？」

家主一臉訝異地反問，么子立刻閉口不語陷入了沉默。

「因為這位宮烏大人不理會我弟弟的控訴。」

長兄把手放在他頭上解釋道。從長子的嘲諷口氣不難察覺，他也為此感到怒不可遏。

「當雪雉說自己是鄉長的兒子，正式要求他付麻糬的錢。但是他非但沒有付錢，還嘲笑了雪雉一番。雪雉哭著跑回家後，雪哉就去找他談判。」

「但他完全不理會我。」

家主聽到雪哉抽抽噎噎的哭訴，用力皺起了眉頭。

「和麿，果真如此的話，我就不得不考慮處理這件事。」

「恕我無禮，」名叫和麿的年輕宮烏吃驚地瞪大了眼睛，說話的聲音也變得很緊張，「請先聽我解釋！」

「好。」家主點頭應了一聲，和麿立刻鬆了一口氣。

「家主，因為我做夢也沒有想到他是鄉長家的人。卑賤的〈山烏〉竟然謊稱是〈宮烏〉，簡直不可原諒。所以我不是嘲笑他，而是規勸他。」

〈山烏〉是對比〈宮烏〉地位低下的人的貶稱。

家主還來不及回答，脾氣暴躁的么子就站了起來。

和麿聽了雪雉氣勢洶洶的抗議，覺得正中下懷。

「你別賴皮！我一開始就說：『我是代表鄉長來找你的。』」

「誰會想到粗魯無禮，像這樣大吼大叫的小孩子竟然是鄉長的公子。無論怎麼想，都覺得他在說謊，而且也是他先動手。若不是我的朋友出手幫忙，我早就被他打傷了。」

和麿氣定神閒地瞇起眼睛說道。

長子和三男看到他氣定神閒的樣子，都恨得牙癢癢的。

「呃……和麿說的完全沒錯。」從意外的方向突然響起一個戰戰兢兢的聲音。

眉頭深鎖的家主驚訝地看著變成在袒護和麿的雪哉。

「你的意思是？」

「的確是我的弟弟先動手打人。我聽了弟弟說明情況後，也覺得是我們理虧。」

「雪哉哥哥！」

「喂！雪哉！」

你到底在說什麼？哥哥和弟弟都露出責備的眼神，雪哉虛弱地垂下了頭。

「所以，我今天的確是為了弟弟的無禮去向和麿道歉。我打算向他說對不起，但他似乎對我的道歉方式感到不快……」

「什麼？」家主皺起了眉頭。

「不是不是，這是誤會，這是雙方誤會造成的意外。」和麿立刻慌了神。

「我為弟弟出手打人道歉，然後再請他付麻糬的錢。」

「不是這樣！」和麿說話的聲音簡直快哭出來了。

「你繼續說下去。」家主對著雪哉點了點頭說道。

「是的。結果他就對我說：『你要搞清楚自己山烏的身分。』『不要說謊！』還說：『哪有宮烏穿得這麼寒酸！』我告訴他，地方的宮烏都這樣，他還是不相信。」

「閉嘴！」和麿激動地叫了起來，「難道不是嗎？他穿著羽衣來找我，看起來根本不像貴族。」

變身時，羽衣可以變成羽毛，也可以代替日常的衣服。雖然乍看之下是黑色的衣服，但其實是靠意識製作，也成為身體的一部分。武人和買不起衣服的平民都穿羽衣，但有錢人平時不會以羽衣的樣子現身。

和麿主張說，他沒有想到鄉長的兒子竟然會穿羽衣。

「而且，他假裝為弟弟的無禮道歉，其實是來羞辱我。我覺得他將錯就錯，繼續用謊言來為弟弟圓謊！他對我說：『我弟弟先動手的確有錯，但我身為鄉長的代理人，要求你還錢的主張仍然沒有改變。』」

「他說的完全正確啊！」

「不，雖然是這樣，但不是這樣。」

和麿在說話的同時，似乎發現自己在自掘墳墓。家主無法理解他要表達的意思，他露出了焦急的表情。

「因為我沒想到他真的是鄉長的兒子，以為是山烏在說謊……認為他在羞辱宮烏。」

「鄉長的兒子代替鄉長找你調解竊盜的事，結果你就和黨羽一起痛打雪哉嗎？」

家主不悅地說道。

和麿張大了嘴，說不出話。他在這一刻之前，完全沒有想到事態會向這個方向發展。

「調解、竊盜的事？」

「鄉民經常會去拜託鄉長家裡的人去和貴族交涉，而且你為何吃市集裡賣的麻糬不付錢？」

「他說：『**就當作抽稅。**』」

么子雪雉敏銳地察覺到風向變了，立刻補充說明。

「他還說什麼『**山烏當然必須孝敬宮烏。**』這是發生在市集的事，只要去調查一下，有很多八咫烏可以作證。」

長子也馬上在一旁助陣。

「豈有此理，竟然有這種宮烏。」家主激動地扶額怒斥道。

「領、家主大人，我以為他們在羞辱宮烏的尊嚴。」

「混帳！」家主大喝一聲，屋子的樑柱似乎都在顫抖。

「啊！」和麿倒吸了一口氣，嚇得縮成一團。

雪正的三個兒子也嚇了一大跳。

「你丟盡了所有人的臉！根本搞不清楚宮烏的職責，只會耀武揚威，對善良的百姓做了什麼？你又沒有當官，竟然要抽稅？簡直不自量力，笑掉大牙了！你父親是怎麼教你的？」

和麿聽到家主的怒斥，臉色發白，眼淚在眼眶中打轉。

「對、對不起。」

「你最先要道歉的不是我吧？」

「呃……」和麿表現出厭惡的不情願。

「不敢當，是我們搞不清楚自己的身分，做了失禮的行為。真的很對不起！」

雪哉立刻驚叫起來鞠躬說道。和麿露出了絕望的表情。

「和麿？」家主一臉可怕的表情叫著他的名字。

和麿用力咬著嘴唇，面對深深鞠躬的雪哉，只能幾乎趴在地上道歉。

「……真的、很對不起。」

和麿用屈辱的姿勢小聲道歉後，就被帶了出去。想必等一下會和在外面提心吊膽的父親，一起再度挨家主的罵。

家主用力嘆了一口氣，再度看著垂冰鄉的鄉長一家人。

「很抱歉，我的人竟然如此無禮。雪哉，你的傷勢如何？」

「還好，雖然很痛。」雪哉若無其事地回答，剛才的眼淚不知道去了哪裡。

始終沒有機會插嘴的雪正趁沒有人注意，用手肘戳了戳他的側腹。

「很抱歉，讓家主擔心了，而且是在拜年的時候發生這種事。」

「這件事不該由你道歉。」

聽到這個不疾不徐的宏亮說話聲，在場所有的人都立刻正襟危坐。

「長束親王，您怎麼來了？」

順著家主的視線望過去，長束從容自在地站在門口。

「因為我有點好奇這裡的狀況，而且沒有人聊天的酒宴太無聊了。」他淡淡地笑著說。

「讓您看到了我家親戚的失態，真是失禮！」家主拍了一下額頭，苦笑著說。

「很抱歉，我看得一清二楚。和麿似乎缺乏身為宮烏的自覺，你打算如何處置他？」

「請您不必擔心，我不會因為是自己人就手下留情。」

長束輕輕點了點頭，毫不猶豫地在家主身旁坐了下來。

雪正看到長束突然出現，忍不住冒著冷汗，再度為兒子的失禮道歉。

「在今日喜慶場合發生如此失禮之舉，還請長束親王包涵。」

「你不必在意，雖然的確有點驚訝。」

在嚴肅的新春拜年之際，突然有人大哭，而且跑去某個人面前下跪，任何人都不可能不驚訝，當時坐在長束旁邊的家主，也露出啞然無言的表情。

「雪正，姑且不論今天的事，雪哉身為宮烏，也必須學習在適當的時間和場合，做出恰點的行為。」

「言之有理，是我們疏於教育……」

「我這麼不懂禮貌嗎？」雪哉事不關己地反問。

「噓！」雪正立刻狠狠瞪了他一眼。

這時，意想不到的人開了口——

「對了，老爺，」家主夫人小心翼翼地開口問道：「我想到一件事。」

「喔？什麼事？」

「和麿原本不是準備進宮，擔任皇太子殿下的近侍嗎？您打算怎麼處理這件事？」

「喔，對喔！的確有這件事。」

宗家的皇太子，也就是長束的弟弟，當今的皇太子。之前以遊學為名離開宮中，最近即將返回山內。目前正在向宮烏的子弟招募近侍，為皇太子回宮做準備。之前在北家家主的推薦之下，已經決定送和麿進皇宮。

「嗯，事到如今，無法再把和麿送進宮內了。」

「就是啊！所以我在想，是否由雪哉代替和麿去宮中當皇太子的近侍？」

「喔喔！」原來還有這個好方法。家主喜形於色。

雪正卻在內心驚叫：這怎麼行？雪正猛然回頭，發現向來一臉呆滯的次子也露出了驚訝的表情，妻子和另外兩個兒子雖然感到詫異，但看起來都很開心。

雪正也知道這是一件光榮的事，但他太瞭解次子的狀況，完全搞不懂哪裡值得高興。上了年紀的家主夫妻完全不瞭解雪正內心的天人交戰，自顧自聊了起來。

「如此一來，皇太子殿下的近侍問題就解決了，雪哉也可以在宮中學習禮儀。」

「這簡直就是一舉兩得，先去當一年的近侍再說。」家主越聊越得意。

雪正原本就因為雪哉的身世等問題感到愧疚，所以不敢對家主的決定提出異議，他忍不住摸著自己的胃。

長束可能發現了雪正的為難，向他伸出了援手。

「我也認為這是好主意，但是否該先問一下當事人的意願？」

長束親王，太感謝了。雪正露出欣喜的表情，用眼神向長束致意。

「嗯，有道理。那麼雪哉，你想不想去宮中？」家主也點了點頭。

「不，完全不想。」雪哉不加思索地立刻回答，簡直對問這個問題的家主大不敬。

「為什麼？只要你願意，日後有機會在中央當大官。」家主瞪大了眼睛問。

雪哉聽到可以因此出人頭地，露出了複雜的表情。

「我就是不想要這樣。」雖然雪哉臉上的表情很沒出息，但他的態度很堅決。「等我長大之後，希望可以幫忙哥哥，然後在垂冰悠哉悠哉地過日子，絕對不想去宮中。」

雪哉直截了當的回答，讓家主也大吃一驚。

「你是武家的孩子，說出這種話真沒出息，難道你沒有雄心壯志嗎？」

「一丁點都沒有。」雪哉絲毫不覺得難為情，反而像是豁出去了。

雖然雪正原本很希望雪哉自己說不想去中央，但現下說得這麼露骨，連雪正也覺得有點坐立難安。

雪哉無視陷入沮喪的父親，在這個關鍵時刻展現出真摯的態度，表達了自己的意見。

「我覺得這輩子只要能夠對垂冰鄉，和以後成為鄉長的哥哥有幫助就足夠了，這就是我未來的夢想，請不要讓我捨棄它。」

然而，雪哉的主張無法打動家主。

「你的夢想還真是微不足道。你是男人，難道心中沒有大志嗎？」

「不，老爺，我覺得雪哉的想法也很好啊！」家主夫人說完，對雪哉露出了親切的微笑。

「但是雪哉，為了你的哥哥和垂冰鄉，不也該去中央好好鑽研一下嗎？梓，妳認為呢？」

家主夫人徵求雪正妻子的意見。

「我也贊成，我經常在想，雪哉大材小用未免太可惜了。」梓開心地點了點頭說。「雪馬，你認為呢？」

「是的，我認為家主夫人和母親所言甚是。」剛才不敢插嘴的長子用力點了點頭。「我弟弟只要有意願，就可以把事情做好，只是他很少有意願想做什麼……」

有意願就可以把事情做好的人，沒有意願，就只是廢物而已。斬釘截鐵地說這句話的不是別人，就是被認為「有意願就可以把事情做好的人」雪哉本人。

現場瀰漫著難以形容的詭異氣氛。

「總而言之，我很高興雪哉能夠去宮中，我認為他應該多看看外面的世界。」

雪馬不甘示弱地說。

「不必知道也沒關係，我一輩子都不想離開垂冰鄉。」

雪哉聽了哥哥的話，氣急敗壞地轉身說。

「就因為你這樣，所以我要你去外面看看。」

長束看到兄弟兩人小聲地你一言，我一語，似乎覺得很有趣。

「的確。對垂冰鄉來說，如果有親戚和中央有關係，也會大有幫助，你不妨認為這也是對垂冰鄉的未來有幫助。」雪哉毫不掩飾不悅的表情，長束對他露出了溫和的笑容。「如果遇到什麼問題，可以隨時來找我，我一定鼎力相助。」

既然宗家的八咫烏開了金口，當然就沒有理由拒絕了。

雪哉聽到至少要去宮中一年，發出好像聽到世界末日的聲音。

「唉，我都說了不要嘛！」

「事到如今，趕快下定決心，你這個笨兒子！」

這一刻，雪正內心才終於擺脫了猶豫，把臉湊到雪哉面前，心灰意冷地小聲說道，以免被正在熱烈討論雪哉進宮這件事的家主夫婦聽到。

「既然已經和家主、長束親王約定了，那你就要進宮一年，無論如何都要撐一年。」

「一年！即使我真的進了宮，也沒辦法撐那麼久。」

兒子毫不掩飾內心的不滿，雪正心浮氣躁地舔著嘴唇。

「什麼事都還沒有開始做，就開始嘮叨埋怨，你給我把耳屎掏乾淨好好聽清楚，若不到一年就受不了逃回來，我會把你送去勁草院，徹底治一治你的劣根性，讓你改頭換面。」

「……啊？」雪哉收起了臉上的表情。

〈勁草院〉是專門培養名為山內眾的宗家近衛隊的機構。

既然是培養近衛隊的機構，當然必須接受嚴格的訓練。成為山內眾是光宗耀祖的事，但只有極少數人能夠順利畢業，正式成為山內眾。其他大部分人都無法忍受刻苦的訓練，被烙上淘汰者的污名，或是被送去從軍，聽人使喚。

雪正的弟弟以前是山內眾，雪哉無數次聽他邊喝酒邊說起勁草院的生活有多麼辛苦。這些既真實又帶著可怕的現實感，拍打著雪哉的肩膀，一旦回頭，就是萬丈深淵。

「只有這件事無論如何都不行。一旦把我送去那裡，我真的會死，我沒在開玩笑。」

雪哉的哥哥和弟弟聽到他被逼急的聲音，都悄悄把頭轉到一旁。長束似乎也聽到了，露出淡淡的苦笑，但雪哉的兄弟和長束都無意為雪哉說話。

「既然知道，就好好忍耐一年。八咫烏只要帶著誓死決心，什麼事都可以做到。」

垂冰鄉的廢物次子進入宮廷這件事，就這樣成了定局。

周圍的人開始討論具體的日程和準備工作，雪哉欲哭無淚地用雙手捂住了臉。

「可惡……沒想到這次玩過頭了……」

新春拜年至今已經兩個月，雪哉跟著父親來到了中央。從垂冰前往中央時，除了以鳥形飛行，還可以騎「馬」前往。

八咫烏覺得變成鳥形是一件羞恥的事，宮烏一輩子都以人的外形生活，除了生活困頓，必須以烏鴉的樣貌為他人工作的八咫烏以外，大部分都希望以人形生活。只有最低層的八咫烏會變成鳥形，被稱為「馬」，讓其他八咫烏騎在身上，並且約定不輕易變回人形。

雪正也無意變成鳥形飛去中央，從一開始就打算使用馬。雪哉坐在鄉長家僱用的馬上，飛翔在天空前往中央。

雪哉和擔任鄉長的父親，以及日後將會繼承鄉長一職的哥哥不同，原本一輩子都不打算前往中央，所以在看到中央的山脈時，就已經想回家了。

父親雪正完全不瞭解兒子內心的想法，大搖大擺地騎著馬進入了關卡。

北領的人進入中央時，必須將通行證交至關卡。當他們在打掃得一塵不染，用牢固的柵欄圍起的寬敞空間降落時，一名男僕人立刻跑過來，抓住了馬轡。

雪哉拿下了遮住臉部的擋風布後，跟著父親從馬鞍上跳了下來。

「你有帶通行證吧？」

「如果沒有掉的話，應該還在身上。」

「那就好。」

雪正點了點頭，將轠繩交給了男僕人，一副熟門熟路的樣子背起行李，邁開了步伐。

雪哉和父親一起走進和垂冰的鄉長官邸很像的建築物內，辦理了簽到和確認通行證的簡單手續。

當他們再度回到馬旁時，馬的脖子上已經綁上了鑲了白邊的黑色懸帶，背面用白線繡滿了證明鄉長身分的文字。如果沒有這條黑色懸帶，就會被認為擅自闖入中央，即使被射下來，也完全無話可說，只能自認倒楣。

「請問你們要繼續飛嗎？」看管馬的男僕人發現他們走了過來，恭敬地問。

「不，我打算順便帶兒子參觀一下城下。不好意思，可以請你幫我送去那裡嗎？」

「請問要送去哪一個馬廄？」

「北家的朝宅，是否可以請你同時通報，我們將在日落之前參謁？」

「遵命！」

四家的居所除了建造在四領莊園內的主邸以外，還有在中央期間居住的〈朝宅〉，平時四家的家主都住在朝宅。

從明天開始，雪哉在中央期間，都會暫時住在北家的朝宅。

「唉唉唉唉，真讓人憂鬱……」雪哉嘆著氣。

「別說這種話，小心遭到天譴。這是很光榮的事，要表現出喜極而泣的態度。」

雪正聽聞挑起了單側眉毛說道。

「我是真的想哭，父親大人，你不要言不由衷。」

「雖然你這麼說，聽說被取消入宮的和麿一家人簡直如喪考妣。」

「我根本沒說要取代他進宮。」

「唉，你真是煩死了，不要再嘀嘀咕咕抱怨了！更何況這一切都是你自作自受。」

可見父親也認為被迫接手這個燙手山芋。這也情有可原。，因為代表四家的中央貴族，和鄉長等地方貴族之間有又深又大的鴻溝。

雖然同樣是宮烏，但也有不同的種類。以四家為中心的宮烏是中央貴族，地位尊貴，相較之下，鄉長等被稱為〈地家〉地方貴族經常被看不起。

四家在之前統治地方時，經常和周邊的居民發生摩擦。四家無法解決這個問題，於是就向地家的始祖，也就是在地方上有實力人士求助。在中央貴族的眼中，地家就像是暴發戶般的半路貴族，即使官位再大，也仍然無法擺脫「地家終究只是鄉下人」的偏見。

地家的人在中央受到了這樣的對待，心裡都很清楚，所以也很少人有想在朝廷出人頭地的野心，幾乎不曾有過像雪哉這種地家次子進入朝廷任職的事，而且他們壓根兒不想做。

在身分地位高貴的中央貴族眼中，成為皇太子殿下的近侍是令人羨慕的事，但地家的人只覺得困擾。

雪正把馬交給聽差後，便帶著雪哉走了出去。

「總之，你要在這裡生活一年，既然已經來到中央了，不如樂在其中。」

「樂在其中嗎？」

雪哉露出了狐疑的表情，雪正也忍不住笑了起來。

「總之，百聞不如一見，你很快就會知道了。」雪正說完，走出了關卡。

聽說北家的朝宅位在中央高山的南側，從這裡北關卡出發，必須繞半個中央城下才能到。雪哉很納悶，雪正為什麼不直接飛過去，但一走出關卡之後，就立刻瞭解了原因。

「這就是湖嗎？」

「對，我們要從這裡搭船過去。」

雪哉第一次看到這麼大的湖，雖然他之前就聽說這座湖一眼望不到盡頭，但沒想到比他想像中更加壯觀。

湖面在春天的陽光下泛著銀色漣漪，熠熠發光。對岸有好幾棟水上建築物，小船載著貨物在湖上來來往往。

「無法靠飛行搬運的大行李，就使用水路運輸。也有很多人特地來到碼頭進貨，除了中央門附近，整個中央就像是一個市集。」

從地方來到中央的人覺得以鳥形飛過這片湖區太可惜，中央的八咫烏都不太願意變成鳥形，所以很多人都會搭船。

雪哉和雪正坐上一艘被馴服後去除毒素的蛟龍拖曳的船，享受著船在湖面上滑行的感覺，看著岸邊街道熱鬧的景象，船在轉眼之間就來到了中央高山的南側。

從碼頭到宮廷的中央門之間有一條寬敞的大道，雪哉從來沒有看過修整得這麼寬闊的道路，忍不住感到驚訝。

「如果這樣就嚇到，你以後會驚訝不完。」雪正看到雪哉的反應，笑著對他說。

他們沿著道路走了一小段路，馬路兩旁開始出現了做生意的小店和攤位，大部分都是賣食物，到處飄來香噴噴的氣味，讓人口水直流。也有一些攤位販賣簡單的工藝品和玻璃做的髮簪等裝飾品，很多穿著漂亮衣服的年輕女人在攤位前嘰嘰喳喳。

越靠近中央，八咫烏就越活躍，店家的數量和種類也更豐富。女人拿著一根長棒丈量布匹販賣、小孩子能言善道地推銷著甜酒和煮熟的豆子、生意人吆喝著販賣魚和蔬菜、街頭藝人緩步走在街上敲鑼打鼓。也有人在賣龍蛋碎片，或是彩色蜥蜴乾、紅色麻雀羽毛飾品這些難辨真偽的東西。

不愧是中央的市集，巨大的規模和垂冰鄉的市集完全無法相提並論。

他們繼續走在大路上，前方出現了一個巨大的懸崖。更正確地說，他們來到了一座通往斷崖的大橋。

「哇，這是什麼？太壯觀了。」

雪哉忍不住驚叫了起來，衝到橋的欄杆旁，探出身體。

連結大馬路和斷崖的橋下是又大又深的山谷，山壁就像是山谷裂縫其中一側的形狀。因為過於高聳，根本看不清楚谷底的狀況。斷崖上有好幾個地方噴出了水，像瀑布般落向懸崖下方。

那是一座塗了紅漆，看起來很壯觀的橋，橋的這一端是熱鬧的市集，靠山的另一端有一道巨大的門，門前站了幾名士兵。

雪哉納悶地看著站在門前的士兵，父親向他說明。

「那就是中央門。只要過了這座橋，那一頭就是宮中了。」

「那裡就是宮中嗎？但我看到門內也有商店。」

「那不是像市集這裡的商店，而是專門做宮烏生意的商人開的店。店裡的商品都很高級，所以也只有高階客人會光顧。」

雪哉走進中央門時很緊張，但門衛確認證件無誤，就讓他們進入了。

走進門內，周圍的氣氛的確完全不同了。原本的大馬路變成了繞著山外圍呈螺旋狀的石板坡道，背對著山壁而建的商店比剛才看到的店家更漂亮，販賣的商品似乎也都是上等品，客人的衣著打扮看起來也像有錢人。而且走過那道門後，就聽不到商人的吆喝和街頭藝人的音樂聲了。

雪哉默默跟著父親在坡道上走了很長一段路，發現坡道突然變陡，漸漸變成了整修得很完善的石階，路旁的建築也從原本的商店變成了貴族的房子。

當他們走得氣喘吁吁時，終於來到石階的最上方，前方是使用了四根塗了黑漆圓柱的豪華四足門，周圍是白色牆壁，充滿了莊嚴的氣氛。

即使不用父親說明，雪哉也猜到那是北家的朝宅。

「請開門！垂冰鄉鄉長雪正和兒子前來參謁，可以麻煩傳達嗎？」

雪正對著緊閉的大門喊叫。

門旁的小窗戶立刻打開，裡面的人確認是雪正和雪哉後，立刻打開了正面大門。

「垂冰鄉鄉長大人，歡迎光臨。」

「嗯，辛苦你來迎接。」

門衛打開門後，映入眼簾的是比雪哉想像中更雅緻的前庭。修剪得宜的黑松林立，地上的碎石白得刺眼，一踏進大門，腳下的石板就變成了磨得透亮的黑色花崗石。

北家位在北領的邸第很大，雖然很壯觀，但難免有粗俗的感覺，朝宅卻品味高雅。

雪哉一邊打量著掛在屋簷下有金屬雕刻的燈籠，一邊跟著父親來到朝宅的深處。在那裡迎接他們的是北家家主的孫子喜榮，日後將繼承北家家主的地位。

今年二十三歲的喜榮是一個快活的年輕人，他的外貌一眼就可以看出和北家家主有血緣關係。即使在朝宅內，他也一身方便活動的狩獵裝扮，顯然很活躍。

他一看到雪正，健康膚色的臉上立刻露出了笑容，主動走了過來。

「雪正鄉長，歡迎你來這裡。但是很抱歉，家主和我父親目前正為白珠公主登殿的事在朝廷商議。」

「喔、喔！」雪正聽了喜榮的話，忍不住叫了起來，「白珠公主終於要登殿了嗎？」

「是啊！終於要登殿了。」

所謂〈登殿〉，就是為日嗣之子的皇太子選妃所設立的制度。

四家分別派出一名公主進入皇宮，四名公主被皇太子選中的才能正式入宮。候選的公主聚集在名為〈櫻花宮〉的宮殿中，就稱為〈登殿〉。

白珠公主被稱為「北領珍珠」，是北領最漂亮的公主，北領所有人都知道，她將進入宮中候選皇太子妃。

「因為這個緣故，目前的朝廷不怎麼平……所以父親要我轉告，他為無法親自迎接你深感抱歉。」

「不，無需道歉，愧不敢當。」

雪正和喜榮雖是姻親關係，但雪正是喜榮的姑丈。以年齡來說，喜榮也是雪正在北家中最能夠輕鬆交談的對象。

他們稍微聊了一下朝廷目前的狀況後，雪正就把雪哉交給了喜榮。雪哉在雪正的催促下，乖乖向喜榮鞠了一躬。

「我是垂冰的雪哉，接下來的一年，請多指教。」

「你好，彼此彼此，也請你多指教。」喜榮也露出嚴肅的表情，認真地向他打招呼。

雪正把雪哉交給北家朝宅，也向喜榮打完了招呼，完成了此行的目的。在喜榮帶著雪哉參觀朝宅時，他雖陪在一旁，但在馬廄中看到自己的馬，便決定立刻打道回府。

「雪哉，你要好好努力。」

「是，父親大人也請多保重。」

來這裡的路上，該說的話都已經說完了，所以父子之間的離別也很乾脆。

之後喜榮帶雪哉來到他的房間，漂亮的房間絲毫不比喜榮的房間遜色。官服等宮廷生活必需的物品都已經送到他的房間，都是事先從垂冰鄉送來的。

雪哉在確認物品時，發現在淡青色的官服之間夾了一張折起的紙。

「哇，是母親大人。」

他打開淡綠色暈染圖案的信紙，聞到了淡淡的白檀香氣。信上用可以感受到她良好家世的漂亮字體，寫了關心雪哉的內容。

——請務必要保重身體，如果有什麼狀況，立刻和家裡聯絡。

「『媽媽祈禱你能夠順利完成使命，健康回家。』」

雪哉喃喃地唸出最後一句，忍不住露出了苦笑。

他打開淡青色的官服打量著。那是將禮裝簡化後的短袍，為了方便活動，兩側都沒有縫死，垂著可以將袖口束起的細帶。針腳很細，一眼就可以看出是精心縫製完成。

這件官服是母親親手縫製的。

「母親大人，謝謝您。」

雪哉將官服和信捧在手上，向身在遠方的養母輕輕行了一禮。

翌日，雪哉進入了朝廷。

北家的朝宅竟然準備了車子前往朝廷，飛車的上方和前方各繫了一匹很大的馬。雪哉雖然有騎馬的經驗，但從來沒有想過可以坐在車上飛行。

雖然他跟著也要去朝廷的喜榮身後上了飛車，但感到坐立難安。當車體發出巨大的聲響飛起時，他忍不住驚叫起來，不免讓人覺得有點可愛。

喜榮雖然很習慣坐飛行馬車，但似乎很在意車內的沉默氣氛，而且還不知道該用什麼態度面對雪哉。

「你第一次坐飛車嗎？」喜榮語帶遲疑地問。

「是的。」雪哉抓了抓頭，「因為我是地家的次子，原本以為一輩子都沒有機會乘坐這種車子。」

「這、這樣啊！」喜榮的態度不像是北家的少爺。

「喜榮大人，你不需要這麼在意我，我不會吃了你。」

「話雖如此，雪哉……大人。」喜榮露出了微妙的表情。

「幹嘛那麼客氣，叫我雪哉就好。」

「不，那怎麼行？」喜榮一臉為難地皺著眉頭。

「我從小在鄉下長大，當然不可能有辦法取代和麿，但我會努力不丟北領的臉。請你叫我雪哉就好。」

雪哉輕輕鞠了一躬說道。

看到雪哉表現出的低姿態，讓喜榮把原本想說的話吞了回去。

「……和麿那件事，無論怎麼想，都是他的錯。我剛才來不及問你，你在新年時受的傷已經沒事了嗎？」

「是的。你也看到了，完全沒問題了。」

「是嗎？那就太好了。」

雪哉輕鬆的態度，終於讓喜榮也放鬆下來。

「雪哉，你在朝廷期間，可以把我當成哥哥。聽說擔任皇太子殿下的近侍很辛苦，如果遇到什麼問題，隨時可以來找我。」

「真是太好了！那我也放心多了。謝謝你！」

他們在聊天時，飛車已經抵達了朝廷入口，名為「大門」，是通往山中的正門。貴族的朝宅都建造在山壁上，政治中心的宮廷和金烏一家所住的宮殿都在山中，因此宮廷所在的整座山都被視為宮中。貴族都在斷崖上或是在突出如平台的岩石上建造宅邸，大門是為這些貴族進入山中時所設的門。

雪哉聽說過這道大門，但發現大門的規模遠遠超乎想像。外形和昨天看到的中央門幾乎相同，只是大小規模完全無法相提並論。

大門深入岩壁而建，一旦降落在門內，就無法看到全貌。柱子很粗，五、六個大人拉著手才能夠抱住，門上面的金屬扣環比雪哉的臉還要大。塗上紅漆的柱子色彩很鮮豔，但必定已有相當的歷史。

準備進入宮中的各家貴族搭乘的飛車，陸續降落在門前懸空而建的舞台上。

「雪哉，你在幹什麼，快過來啊！」喜榮立刻叫住他。

雪哉東張西望慌忙地尋找喜榮的身影，發現他正熟門熟路地準備走進大門，雪哉立刻追了上去。在一片紅色和深紅色的官服中，雪哉身上的淡青色官服格外引人注目。

官位低的官人規定只能穿藍色的官服，官位越高藍染的官服顏色就越深。雪哉穿的淡青色雖然是藍色，卻是很淡的藍，顯示他的官位最低。只有官位比穿藍色官服的官人更高的人，才能穿紅色、深紅色和綠色等官服。

放眼望去，這道主要都是高階官人出入的大門，僅雪哉一人穿著淡青色官服，如果換成其他人，恐怕會感到畏縮。雪哉發揮了天生的神經大條，瞥了一眼皺起眉頭的門衛，若無其事地通過了大門。

然而，一走進山中，雪哉也詫異得說不出話。

因為他之前聽說宮廷是鑿岩而建，所以想像宮中是如同洞穴般的空間，但親眼看到宮廷的豪華壯闊，簡直讓人忘記這裡是在山中。

門內是一個灰泥和塗漆柱子撐起的寬敞大廳，只有一進大門的地方是挑高的空間。陽光從採光窗直線照了進來，灑在刻了圖案的石頭地面上。天花板很高，必須仰頭才能看見，格子狀的樑和樑之間是別具匠心的雕刻。

「雪哉，這裡就是『朝庭』。」喜榮用腳尖敲著石頭地面向他說明。「舉行重要儀式時，所有官人都要在朝庭集合。你可以看到對面最上面的地方嗎？」

除了一整面都是門扇的大門以外，其他三方都設置了好幾層欄杆，各層欄杆後方的每一個房間應該就是各個部門。

雪哉順著喜榮指的方向，看著前方最上面的樓層，發現和文官出入的其他地方不同，那裡門戶緊閉，而且那樓層的裝飾特別豪華，不難猜想是個特別的地方。

「那裡就是〈大極殿〉，裡面有金烏的龍椅。在舉行儀式時，那道門會打開，可以直接聆聽陛下的聲音。」

雪哉不由得感到驚嘆，原來這就是宮廷。

這時，身穿藍色官服的官人從大門對面的欄杆下方走了出來，他們是喜榮在朝廷內的下屬，喜榮把手上的東西交給他們後，向他們輕輕揮了揮手，讓他們先回部門。

「因為今天要帶你去〈招陽宮〉，那是皇太子殿下的宮殿。」

「啊，給你添麻煩了。」

「不必介意。」

喜榮爽朗地笑著說，一邊親自向他介紹了朝廷的環境，一邊領著他去見皇太子。

喜榮走過大門右側的欄杆，走上好幾層階梯。由於已經是官人開始工作的時間，所到之處，都能看到官人處理正事的身影。

「沒想到喜榮大人會來我們這裡，真難得啊！」有些官人看到喜榮，主動走過來招呼道。

「好久不見。」喜榮輕鬆地打著招呼。

雪哉在一旁始終默不作聲，原本以為沒有人會注意到自己，但漸漸感到有點不太對勁。因為每當喜榮告訴對方：「我要帶新的近侍去皇太子殿下那裡。」所有官人，就連沒有和他們聊天只是剛好經過的，都露出難以形容的眼神看著雪哉。

「是嗎？原來是新的近侍。」

與喜榮聊天的官人露出同情，或是忍著笑意在說話時，後方就會傳來竊竊私語的聲音。

「真可憐……」

「不知道這次能撐多久……」

這是什麼意思？雪哉回頭看著喜榮，想要瞭解是怎麼回事，但看到喜榮爽朗的笑容，又問不出修了。

「別擔心，他是在北領武家長大的孩子，從小經過磨練，和之前那些人不一樣。即使擔任那位皇太子的近侍，也絕對可以完成使命。」

「喔，原來是這樣啊！真令人期待啊！」

雪哉發現對方顯然在說客套話，覺得很不對勁，不禁拉了拉喜榮的袖子。

「你們剛才的對話，是什麼意思？」

雪哉至今仍然不知道擔任皇太子的近侍，是個什麼樣的工作？

在雪哉來到朝廷的一個月前，皇太子殿下從宮外回到了山內。雪哉進宮這件事是臨時決定的，無法立刻做好各種準備，所以在一個月後才緊急進宮準備擔任皇太子的近侍。

他以為皇太子應該有很多近侍，而且自己是新人，應該不需要做什麼事。因為聽說在宮烏眼的中，認為能夠在皇太子身邊做事也是很光榮的事，所以他猜想就連為皇太子穿衣服這件事，都會競爭激烈。

然而，從剛才喜榮和其他官人談話的樣子，顯然不是聽到「皇太子有許多近侍，又有新人加入」的人會出現的反應。雪哉很想問目前的朝廷到底是怎麼回事，想瞭解詳細的內情，但喜榮似乎誤會了他的意思。

「你不必擔心，大家都小看在武家長大的人。之前都是一些在中央溫室裡長大的宮烏，所以那些官人認為你也和他們一樣。讓他們見識一下，北領人的志氣吧！」

「喜榮大人，我不是這個意思。」雪哉聽了喜榮的話，搖了搖頭說。

「怎麼了？你現在才開始緊張嗎？不必擔心啦！」喜榮帶著笑容的臉上，似乎閃過一絲緊張的感覺。「我也同意當家的看法，你比和麿更適合這個工作。你來這裡之前，應該也下定決心，在完成使命之前不會回家，不是嗎？」

「是的，那當然。」

否則父親就要把我送去勁草院！不管怎麼說，自己也是武家人，死也不可能把這句話說出口。不，其實雪哉本身完全不在意，只是一旦被如此揚言的父親知道，這次恐怕真的會殺了自己。

「既然這樣，就不必擔心，我也對你充滿期待。」

雪哉面對喜榮燦爛的笑容，無法再多說什麼，只能閉了嘴。

走在似乎看不到盡頭的階梯上，漸漸感到疲累，就在雪哉開始懷疑接下來要去的地方到底是不是宮中時，他們來到山的外側。

招陽宮似乎位在朝廷山突起的部分。

朝廷和招陽宮之間有一座堅固的石橋，橋的另一端就是招陽宮的門。離開朝廷，踏上石橋上時，雪哉輕輕靠在橋的欄杆上向下張望，發現已經來到比大門高很多的地方。岩壁上的門扉旁不見門衛的身影，只有一個很大的銅鑼。

「這是什麼？」雪哉納悶地看著喜榮的臉問道。

「這是這樣用的。」喜榮說著，緩緩拿起了木槌。

「如果有人通報，就不需要使用這種可笑的東西……」

喜榮無奈地說完，用力敲打著銅鑼。

噹。銅鑼響起了笨拙的聲音。

片刻之後，門扉旁的小門打開，一個身穿羽衣的男人走了出來。

「喜榮大人，勞駕您特地來此，不勝惶恐。」

「澄尾大人，您責任重大，真是辛苦了。」

「不敢當，他就是新來的近侍嗎？」

中央的貴族說話時都慢條斯理，但這個名叫澄尾的男人，口齒清晰，乾脆俐落。雪哉立刻猜到他並非宮烏。

「幸會，我是來自垂冰的雪哉。」雪哉虛心地鞠躬打招呼。

「我是山內眾之一，皇太子殿下近衛隊的澄尾，請多指教。」澄尾敏捷地向他回禮。

澄尾說話時的眼神很銳利，既然是山內眾，想必是武功高強的武人。不過，他的個子並不高，再加上一身曬得黝黑的皮膚，是一個十分有年輕朝氣的年輕人。

「別看他這樣，他的武藝高強，目前招陽宮的護衛，由他一個人負責。」

喜榮指著澄尾說道。

「一個人！」

既然招陽宮有「宮」這個字，顯然和普通的宅第不同。雪哉不由得想像這道門扉內有多少房間。

「並不會很辛苦，因為皇太子之前一直在宮外，直到最近才返回，所以除了目前使用的房間以外，其他的全都上了鎖。」

澄尾很乾脆地搖了搖頭說道。

因此，與其說是負責護衛招陽宮，更像是皇太子本人專屬的護衛。

「雪哉就交給我吧！接下來就由我負責。」

「好，那就麻煩您了。」

喜榮恭敬地向澄尾行禮後，說了一句：「雪哉，那你就好好努力。」，便就獨自走回朝廷的方向。澄尾目送他的背影離去，回頭看著雪哉。

「接下來，那我就帶你去皇太子的房間。但正如我剛才所說，這裡除了目前正在使用的之外，全都上了鎖，現下為你準備了皇太子殿下寢室隔壁的一個房間，所以請你務必小心，不要誤闖了其他。」

雪哉聽到他用公事化的口吻說明這些情況，猜想他應該也對其他近侍說了相同的話。雪哉對其他上鎖的房間並沒有興趣，所以順從地點了點頭。

他在澄尾的帶領下，終於進入了招陽宮。啪答一聲，隨著門扉關上的聲音，隔絕了所有的陽光，石材建造的宮殿內光線昏暗，空氣很陰涼。

雪哉跟在澄尾的身後，走過好幾扇緊閉的門。澄尾經過這些造形漂亮的門時，目不斜視地繼續往前走。

來到這裡後，雪哉終於發現招陽宮內有點不太對勁，因為他沒有看到任何八咫烏。除了在前面帶路的澄尾以外，完全沒有遇到任何人，也無法感受到人的動靜。雖然有那麼多門扉都緊閉這件事很異常，但不見人影這件事更讓人害怕。

「請問，總共有多少八咫烏在招陽宮內侍奉皇太子？」雪哉終於忍不住問道。

澄尾回頭看了他一眼，再度轉頭看向前方時回答：「兩個人。」

「啊？」

「我說只有兩個人。」

「澄尾大人的意思是，」雪哉發現自己慌忙擠出的聲音，很沒出息地破了音。「除了你以外，還有另外一個人嗎？」

「沒有另外一個人……只有我和你兩個人。」

雪哉感到自己背脊冒著冷汗。

「請、請等一下，其他近侍呢？至少我聽說一個月前，有將近十個中央貴族的少爺在這裡。」

「那些人不是自行辭職，就是被皇太子殿下開除了。」

澄尾頭也不回地應答聲中，帶著一絲疲憊。

「殿下只願意讓一名近侍靠近，昨天之前……還勉強有三名候補……其中一人被老家叫了回去，另一個人頭痛的宿疾惡化，最後一個人也因為原因不明的心悸、呼吸困難和胸悶，所以都無法來此工作。」

「怎麼會有這麼荒唐的事！」

既然已經來到這裡，即使發出驚叫聲，無論說什麼都為時太晚了。

他們邊走邊聊，已經來到了面向外側的渡廊。雪哉走在木地板上，腦筋一片混亂，不一會兒，就和澄尾在一棟獨棟建築前停下來。

「殿下，我帶來了新的近侍。」

「進來。」

聽到回答聲後，澄尾打開了門。門一開，雪哉便看到皇太子殿下坐在書桌前的背影。

皇太子前方的窗戶敞開著，他深色的背影出現在窗外照進來的柔和光線中。眼前的背影在單衣外披了一件淡紫色薄衫，一頭隨意綁在後脖頸的黑髮，勾勒出漂亮的線條。

「終於來了。」略微高亢的響亮聲音有一種毅然的感覺。

皇太子發出窸窸窣窣的聲響後，猛然抬起了頭。他剛才似乎在寫什麼東西，放下手上的筆，輕輕轉頭看了過來。

皇太子是一名英俊的年輕人，聰明伶俐的俊美容貌，似乎散發出一股靈妙的香氣。

雪哉之前聽說皇太子年約十六、七歲，但他個子很高，身材削瘦。他的兄長長束無論體格和五官都很有男人味，皇太子看起來很纖瘦，白皙的臉龐甚至散發出女人的陰柔，不過雙眼的炯炯有神非比尋常。

雪哉在皇太子充滿威懾力的視線注視下，悄悄地吞著口水。

「……我是來自垂冰的雪哉，拜見皇太子殿下。」

雪哉淡淡地鞠了一躬，掩飾自己內心被震懾。

「來自垂冰的雪哉嗎？好，那就請多指教了。」皇太子微微點了點頭，似乎在輕笑，但臉上的表情幾乎沒有任何變化。「那就先說正事吧！我可以吩咐你今天要做的事嗎？」

雪哉聽到皇太子說話這麼客氣，不禁有點意外。

「好啊！沒什麼可不可以，這是我的工作。」

一旁的澄尾聽到雪哉稱不上恭敬的回答，感到訝異。

不過，皇太子只是毫不在意地應了一聲「這樣啊！」並沒有生氣。

「那你跟我來。」

皇太子把原本披在肩上的薄衣穿好後站了起來，走去渡廊。

雪哉慌忙跟了上去，發現皇太子來到了庭院。

不可思議的是，庭院裡的樹木都修剪得很醜陋，種在花盆裡的草花也七零八落，景觀缺乏一致性。正當他覺得這裡不像是皇族的庭院時，皇太子開口了——

「你要做的第一個工作，就是這個。」

「這個是什麼？」

「澆水。」

皇太子指著種在大小不一、各種花盆內的草花，光是眼前數量就十分驚人。

「全部都要澆嗎？」

「沒錯，而且要澆固定的水。」

「我可以請教要去哪裡裝水嗎？」

「我很欣賞你的直截了當，看到那裡的瀑布嗎？」

皇太子將原本指著花盆的指尖，移向相反的方向。

煙。

雪哉將頭轉向那個方向，發現在兩側都是峭壁的山壁上，隱約可見有一處冒著白色的水

「……勉強可以看到。」

「希望你每天都用那個瀑布的水來澆花。」

雪哉感到不妙，即使不是宮烏的少爺，面對這種差事恐怕也會畏縮。

「為何要特地去那麼遠的地方取水呢？不能用那裡的井水嗎？」雪哉皺著眉頭問道。

「有些可以。這裡的每一種草花都各有兩盆，但花盆的顏色不一樣。藍色釉燒的花盆都要用瀑布水澆，白色釉燒花盆都用井水澆，千萬不要搞錯了。」

雪哉聽了皇太子的叮嚀，無聲地嘆了一口氣。

「我瞭解了。」

「還有，不可以喝這裡的井水。口渴的時候，要喝水缸裡的水。水缸裡的水喝完後，就再去從瀑布那裡汲水。」

「是。」

這樣恐怕要花費不少時間，事不宜遲，那就趕快開始吧！雪哉捲起袖子。

「你在幹嘛？」皇太子偏著頭問。

「啊？不，我想開始工作。」

「我還沒有說完，你就要開始工作啊？」

「對不起，還有其他工作嗎？」雪哉不由得按著太陽穴問道。

「我等一下要和澄尾一起外出，在我回來之前，你要把房間收拾乾淨。很多書都丟在桌上，記得要分類之後再放回書架。」

「我瞭解了。」

「除此以外，有一些寄給我的信。中午的時候，你下去民政寮把信函取回來。」

「民政寮？」

那是在哪裡？雪哉很想大叫：**我根本不知道民政寮在哪裡！**

不過，他克制住這個衝動，努力回想著在老家時讀的有關宮廷資料的內容。他記得民政寮是兵部省的一個部門，喜榮就在兵部省工作，等一下可以先去找喜榮打聽所在的位置。但想到要在這裡和朝廷之間往返，恐怕沒有太充足的時間。

「我瞭解了！那我先來整理房間。」

雪哉挽起袖子，摩拳擦掌。雖然聽了皇太子的吩咐有點傻眼，但他打算完成所有的工作，地家人的頑強可不容小覷。

沒想到皇太子再度露出了奇怪的表情，雪哉看到站在一旁的澄尾也露出同情的表情，忍不住愣在原地。

「咦？該不會還有其他工作？」

「當然啊！」

房間內有些書籍是從圖書寮借來的，要去歸還。已經寫了單子給圖書寮的官吏，根據單子，借新書回來。送東西給式部省的某某人。那個時候，民政寮應該又收到新的信函，記得去取回來，然後再按照內文緊急性的高低，排放在書桌上。打掃招陽宮的馬廄，換水。

「喔，對了，還有紙都用完了，可以請你補充嗎？」

發號施令的人完全不覺得下達這麼多指示有什麼問題，更顯惡劣。

「請問您大概幾點回來？」

「午時一刻會先回來一趟，但很快又會出去，你的工作只要在日暮之前完成就好。」

這麼大的工作量，怎麼可能日暮之前完成？雖然從今天開始就會住在招陽宮內，但這樣一整天都沒時間休息了。即使工作到晚上，恐怕也無法完成所有的工作。

「所有這些事，都由我一個人做嗎？」

「你看到這裡有其他人嗎？」皇太子看了一眼雪哉抽搐的臉，露出冷漠的眼神反問。

雪哉聽到他不屑的語氣，不禁火冒三丈。

「殿下，請等一下。這樣雪哉未免太可憐了，還是慢慢教他……」

剛才一直在旁邊默不作聲的澄尾看到雪哉皺起了眉頭，慌忙插嘴想幫說，但話還沒說完，就被皇太子用鼻子發出的冷笑打斷。

「你在說什麼傻話！如果無法完成這些事，怎麼可能當我的近侍？」皇太子語氣嚴厲地質問雪哉，「你有辦法完成嗎？如果無法完成，現在就離開這裡。」

「……沒有人說無法完成。雖然我不知道能不能完成，但我會全力以赴。」

雪哉雖然心裡很不是滋味，但還是很有志氣地回答。

「我對你的全力以赴不感興趣。關鍵在於結果如何，這裡不需要只會努力的廢物。」

皇太子一字一句說得毫不留情。

雖然在垂冰時，整天被人說是廢物，雪哉已經習以為常，但不知道為什麼，皇太子說的每一句話都讓他感到惱火。

面對皇太子冷漠的視線，雪哉腦海中完全沒有浮現「一旦回去，父親會大發雷霆」，或是「**我會被送去勁草院**」之類的想法，只單純對皇太子那張挑釁的臉發自內心感到火大，一心只想著無論如何都要爭一口氣，讓他刮目相看。

「您要不要親眼確認一下我是不是廢物？」雪哉怒極反笑地問。

「好啊！如果你發現還有其他事，可以憑自己的判斷處理。至於你的午餐，只要去膳房應該就有吃的。我要說的就只有這些，其他事就由你自行解決，我要出門了。」

皇太子的嘴角浮現了一絲笑容，說完便轉身走了出去。

澄尾一臉擔心地回頭看了雪哉一眼，雪哉堅定地向他搖了搖頭。

雖然眼前不瞭解和不懂的事堆積如山，也有很多疑問，但如果要仔細問，真的會沒完沒了，而且時間正一分一秒地過去。

雪哉拍了拍臉頰，露出詭異的笑容點了點頭。

「路上請小心！」

事到如今，只能拼了。

先來整理房間。

他確認了放在書桌上寫給圖書寮的信和要送的東西，先放在一旁，以免在打掃時和其他東西混在一起，然後動手整理雜亂堆放的書。

要歸還給圖書寮的書裝訂很精美，很容易分辨。他把那些書和信放在一起，迅速瞭解了書架的分類狀況，然後把桌上的書堆分別放回書架上。

接著，他又來到門旁的馬廄。

保持人形時，身上不穿任何衣服，讓羽衣出現的行為稱為〈編羽衣〉。

雪哉怕把官服弄髒，所以脫了下來，立刻編了羽衣上身。也許馬廄經常有人打掃，所以並沒有很髒。他按照皇太子的指示換了水，稍微打掃後回到了庭院，不停地汲取井水，用杓子為白色釉燒的花盆澆水。

這時，太陽已經升到了中天，皇太子他們很快就會回來了。

雪哉下定決心變身，只要變成鳥形飛行，再遠的地方也不需要花太多時間。他在轉眼之間就幻化成烏鴉，用三隻腳用力抓著提桶，從庭院直線飛往瀑布。正在巡邏的山內眾立刻靠近，但發現雪哉繫著顯示是皇太子手下的懸帶後，遲疑了一下，很快就離開了。

雪哉來到瀑布下，看向招陽宮的方向，發現皇太子住獨棟建築，使用了大量的木材支撐，懸在懸崖上。原來是懸空式建築結構。從北家的朝宅飛往大門時，他看到建在崖壁上的房子都用渡廊連在一起，沒想到皇太子住的房子也是相同的結構。

雪哉汲完水後又一路飛了回去，為盆栽澆水，來來回回好幾趟，在四度往返後，才終於澆完水。這時，皇太子和澄尾回來了，但雪哉已經疲憊不堪，整個人都快累癱了。

「辛苦了，我的信呢？」

皇太子看到雪哉滿頭大汗，仍然面不改色。

「我還沒有去拿……」聽到他若無其事地發問，雪哉內心很不高興。

「你說什麼？」皇太子立刻挑眉質問道：「記得剛才吩咐你，中午過後就去取信。」

即使皇太子滿臉不悅，雪哉也覺得自己已經盡全力工作了。如果自己工作偷懶，或是忘記皇太子的吩咐也就罷了，這次自己並沒有錯，所以不能道歉。

「恕我直言。」

「不，你不必說了，既然沒有做到，再多辯解也無濟於事。」皇太子甚至不願意聽雪哉的解釋。「我會派澄尾去拿信。你要稍微動一下腦筋，考慮工作的先後順序再行動。」

皇太子說完，從書架上拿下幾本冊子，再度準備離開。

雪哉的腦筋一片空白，看到皇太子轉身離去，終於回過神。

「請、請留步！詩詞的學士剛才送了功課過來。」

雪哉剛才在打掃時，有客人上門，敲響銅鑼的是負責皇太子教育的學士，叮嚀「請皇太子務必完成」，然後留下了大量功課。

「學士說，明天之前要交，而且要我轉達一句話。」

「願聞其詳。」

「『對宮烏之長金烏而言，漢詩詞乃不可或缺之教養，請多自愛，勿沉迷玩樂，努力追回數年的落後。』學士看起來很生氣。」

「喔。」皇太子瞥了一眼堆滿書桌的功課，不以為然地笑了笑。

「這是我該做的事嗎？」皇太子說完這句話就走了出去。

王八蛋！王八蛋！王八蛋！

變成烏形的雪哉在空中飛行時，發出了啞啞叫聲。

他說那些話是什麼意思？我從一大早到現在就忙得團團轉，連飯也沒有時間吃。

「王八蛋！」

他從鳥形變回人形後，嚷罵了一聲，降落在大門的舞台。當他小跑步想要進入大門時，精神抖擻的門衛跑過來攔住他。

「等一下！你打算這身打扮進去嗎？」門衛說指的是他的羽衣。

「對，沒錯。」雪哉擠出燦笑，雖然內心很不屑，但表面上還是很有禮貌地行禮。

「什麼沒錯，你整理好儀容再來。」

「並沒有規定穿羽衣者不得進入大門吧？」雪哉來這裡之前，曾經看過宮中的規定。

「即使沒有明確的規定，這種事是宮廷的常識。」

門衛沒想到會遭反駁，露出了心虛的表情，不悅地皺眉說道。

「我無意無視宮廷禮儀，只是根據宮廷的規則，提出當然的要求。」

雪哉一口氣告訴門衛，因為自己沒時間在朝廷內走來走去，所以才會直接飛到大門，如果無法進入，時間就來不及了。

「不關我的事，我們的使命是守護大門，連這種禮節都不懂的聽差，無法輕易放行。」

門衛不想聽解釋，自顧自地說。

「我不是聽差，是皇太子的近侍。」

雪哉晃了晃掛在脖子上的通行證，也就是代替門籍的懸帶。

「沒想到！」門衛剛才可能沒有看到，頓時嚇得張大了嘴巴。

「在這裡磨蹭時間，會耽誤皇太子吩咐的事。既然已經瞭解我的身分，就趕快退下。」

雪哉面帶笑容地補充道。

門衛垂頭喪氣地後退，雪哉一溜煙地跑了過去。

不過這種做法並非雪哉的本意，無論門衛的態度，和狐假虎威的自己都讓他感到生氣。他非但沒有感到痛快，心情反而更加沮喪了。

雪哉幾乎一路跑去找喜榮，完成了皇太子指示的各項事項。他一直都穿著羽衣，所以引來很多人側目。由於他戴著懸帶，所以沒有人像門衛一樣攔住他，但看向他的視線中，沒有任何一個人帶著善意。

「現在只能棄車保帥。」

雖然雪哉並不想引人側目，但眼前也無可奈何。他只能對周圍的白眼視而不見，俐落完成工作後回到了大門，再度變成鳥形。

回程時拿了很多東西，而且必須向上飛行，因此飛回招陽宮很吃力。他喘著粗氣從中庭直接進入宮殿內，把書籍搬進去。當他打開皇太子書桌上的文書盒時，太陽已西沉。

既然皇太子下令按照緊急性高低的順序排列，就代表可以看那些信函的內容。**一定要在天黑之前完成**。他急忙打開信函確認。當他拆開其中一封信時，聞到了濃烈的香粉味。

「這是怎麼回事？」

即使出聲發問也沒用，他確認寄件人的名字後，忍不住大吃一驚。

沒想到拿回來的書信幾乎都是來自妓院或是酒家，也就是從花柳街寄來的。內容不外乎**『歡迎再來』**、**『哪裡的遊女妨礙我們生意，希望可以協助搞定』**。**那個皇太子平時都在幹什麼？**雖然做這件事體力上比較輕鬆，但從侵蝕健全的精神角度來說，還有比這更辛苦的工作嗎？

最後，他發出怨嘆聲把書信用力丟在桌上，總算完成了皇太子吩咐的所有工作。

雪哉整理著稍微弄亂的書信，深深地嘆了一口氣，在他剛整理完畢的書信旁，放著還是一片空白的功課。

以前的近侍應該會乖乖幫皇太子寫這些功課。雪哉考慮片刻後，拿出了皇太子的硯台盒，開始磨墨。畢竟是皇太子所用的硯台，一看就是陳年逸品，翠鳥形狀的硯水壺也很好用。雪哉沒有拿起筆，一直磨著墨。

皇太子終於回來時，太陽早就下山了。

「您回來了。」

「嗯。」

雪哉上前迎接，並沒有看到澄尾和馬，只有皇太子一個人，而且皇太子出門時穿的那件上衣也不見了。雪哉看到身穿羽衣的皇太子，想起了白天找自己麻煩的門衛。**如果皇太子這身打扮去大門，門衛會發現他是皇太子嗎？**

「情況怎麼樣？」

雪哉回過神，發現皇太子已經走進起居室，自己點亮了鬼火燈籠。

「我吩咐你的工作完成了幾成？」皇太子垂眼看著雪哉新借回來的書問道。

「雖然不知道是否符合您的期待，但我全部都做完了。」

雪哉對皇太子沒有正眼看他的態度感到生氣，冷冷地回應道。

這時，皇太子才終於抬起頭。

「……全部？」

「對，請問有什麼問題嗎？」雪哉納悶地反問。

「不，」皇太子搖了搖頭，「沒事，辛苦你了。」

「是。」雪哉點了點頭，小心翼翼地觀察著皇太子的表情，又開口說：「但是……功課還沒有寫。」

「嗯，沒問題。」

雪哉聽了皇太子乾脆的回答，忍不住感到訝異，因為皇太子的反應和他原本的想像相差太遠了。

「沒問題？我已經磨好了墨，您打算自己寫功課嗎？」

皇太子聽了他的話，露出了淡淡的笑容。

「不，謝謝你磨好了墨，但我不打算寫功課。」

雪哉原本以為皇太子會挖苦他，沒想到皇太子的反應這麼冷淡，他反而擔心起來。

「但是，如果不寫功課，殿下您不是會被學士罵嗎？」

皇太子聽了雪哉的話，也只是微微偏著頭而已。

「我無所謂，還是你想代替我寫這些功課？」

雪哉看著皇太子指著的功課，皺起了眉頭。

「您太會開玩笑了。」

「既然這樣，那不就沒問題了嗎？只要丟掉就好。」

「只要丟掉就好嗎？」雪哉無力地重複後閉了嘴。

「對了，雪哉，還有一件事？」

又有什麼事？雪哉忍不住這麼想，敷衍地應了一聲：「是。」

「你來當我的近臣。」皇太子突如其來地命令道。

雪哉這次真的說不出話了。近臣的工作本身和近侍幾乎相同，但因為名稱的微妙變化，周圍人的態度也會發生巨大的改變。

〈近侍〉只是服侍主公的工作而已，但〈近臣〉還包括和主公之間有私人的關係，也可以說是主公最親近的人。簡單地說，就是未來的親信。即使日後會有其他近侍加入，那些近侍的地位也會在近臣之下，這等於是實質上的晉級。

其他近侍聽到這句話會感到高興，但雪哉覺得起了一身雞皮疙瘩。

「你沒有異議吧？」皇太子向他確認。

雪哉很想回答：有百分之百的異議。

「請等一下，雖然不勝榮幸，但我擔當不起。」

雖然不懂皇太子是看中自己哪一點決定提拔，但短短一天就決定這件事很不尋常。

「更何況我來自地家，我相信有很多人比我更適合成為殿下的近臣。」

「你來自地家這件事有什麼問題嗎？」

皇太子真心感到驚訝地反問，雪哉一時語塞。

「……其他曾經擔任過近侍的人，都是中央的貴族，我相信會有很多人抗議。」

「我並不在意。」

「應該還有其他身分是中央貴族的優秀近侍，找他們當近臣不是簡單多了？」

「前面那幾任全都派不上用場。」

「一個人要承擔的工作量太大了，若同時由兩個人分工，就可以解決了。」

「既然你一個人就可以完成，何必增加人員呢？」

「那是必要的人手！」雪哉尖聲說道，然後一副可憐的樣子說：「總之，無論是基於怎樣的理由，都不是非我不可，而且我必須在一年之後回去垂冰。萬分感謝殿下的賞識，但恕我拒絕。」

雪哉不顧一切地跳到低了一層台階，跪在地上，額頭貼著冰冷的石板地面。

沉默了幾秒——

「如果有非你不可的理由，你就能接受了嗎？」皇太子先開了口。

「如果是這樣的話……是的，我可以接受，只要是相當的理由。」

「這樣啊！」皇太子輕鬆地點點頭，「好，你要記得這句話。」

雪哉發現皇太子的聲音中帶著微妙的笑聲，正感到納悶時，他的肚子發出咕咕的叫聲。

「啊！」他這才想起自己忘了吃午餐。

「你沒有去膳房嗎？」

「因為沒時間去。」

皇太子看著雪哉難過地摸著肚子，把手緩緩伸進自己的懷裡。

「來，接著。」

雪哉看到皇太子丟東西過來，瞪大了眼睛，慌忙在半空中接住了。

「這是什麼？」

「金柑。」

雪哉看了也知道是金柑。皇太子丟過來的是圓形的金柑乾，帶著一抹黃色的橙色在昏暗的室內顯得格外鮮豔。金柑乾上灑了砂糖，可以直接吃。

「你不是肚子餓了嗎？先把這個含在嘴裡。」

皇太子自己也把從小袋子裡拿出的金柑放進嘴裡。他吃金柑的樣子，再加上穿著簡陋的黑衣，看起來根本不像是皇太子。

「那就謝謝殿下。」

「今天沒事了，你退下吧！」

「……是的，殿下晚安。」雪哉難以釋懷地鞠了一躬，走出了皇太子的房間。出來之後，把不知該如何處理的金柑放進嘴裡。

金柑乾酸酸甜甜，有一種獨特的味道，帶著苦味。

「我就知道！完全符合我的預料。」

喜榮高興地笑了起來，雪哉板著臉。

「一點都不好笑，我完全不知道服侍皇太子殿下這麼辛苦。」

「這一點很不好意思。」喜榮說完這句話，仍然笑個不停。

這是雪哉成為皇太子近侍已經過了半個月的某天下午。

關於近臣那件事，可能只是皇太子心血來潮，那次之後，他並沒有再提起，可能已經忘記了。

半個月來，雪哉幾乎完全沒有休息，每天都忙著處理和第一天相同的指示，但最近已經漸漸適應，所以也稍微有了一點空閒。

此刻，在等待民政寮整理寄給皇太子的信件時，剛好有一點時間，所以他來拜訪久違的喜榮。喜榮原本正在忙，一看到雪哉立刻放下工作，特地為他泡了茶。他們一邊喝茶，一邊聊著皇太子殿下的奇特行為。

「不瞞你說，皇太子從宮外回來之後，只有屈指可數的人曾經進入招陽宮，也只有一名近侍可以靠近他。」

「我之前完全不知道這種事。」雪哉忍不住抱住了頭，用憤恨的眼神抬頭望著喜榮。

「為什麼會這樣？」

「聽說殿下極度討厭和別人打交道，就連護衛也只有澄尾一個人，不讓其他人靠近。照理說，應該有一大票人照顧他的生活，他也誇口說，只要一名近侍就夠了。」

皇太子在外遊學期間，招陽宮長期關閉，原本在招陽宮內服務的奴僕，都調去了金烏的皇宮或是朝廷各部門。皇太子回宮之後，原本的人員又回到招陽宮，但皇太子擅自把他們退回了原本的部門。不僅如此，就連特地為皇太子召集的近侍，除了一名按照他吩咐做事的近侍以外，完全不准其他人進入招陽宮。

「那些降級變成近侍候補、被趕出招陽宮的人，都很羨慕被皇太子選中的那個人，但被皇太子選中的近侍，沒過多久就辭職了。」

興高采烈地遞補的下一名近侍也沒撐多久。大家起初聽到這件事時，都以為是那些被捧在手心長大的少年吃不了苦，所以無法撐下去。但是當第六名近侍衝進負責人事的式部省時，大家漸漸覺得不對勁。

總共有六個人。在短短不到一個月的時間，六名近侍都拒絕繼續在皇太子身邊做事。最長不到十天，時間短的甚至在被派去的當天，就向人事部門申請調職。

「皇太子殿下太異常了。」有人在經過喜榮辦公的地方時，向走在旁邊的官人抱怨。

「他會吩咐一些明知道我們無法做到的工作，看到我們深受折磨而樂在其中。而且他把那些棘手的事交給我們，自己卻跑出去玩，我再也不想服侍那種人了。」

「那些花根本不是他種的，卻罵我讓花都枯掉了！我按照他的命令，一次又一次去很遠的瀑布汲水回來澆花……我覺得認真做事的自己簡直像傻瓜。」

還有人會在走廊上用整個部門都可以聽到的聲音，大聲訴說皇太子的毒辣。

「他要我幫忙寫完他的功課，結果出功課的學士也罵我，為什麼不讓皇太子自己寫？皇太子被學士罵了之後堅稱『是近侍擅自寫了那些功課。』我真的不知道該怎麼辦才好。而且我在寫功課時，皇太子跑去花柳街玩。」

照理說，成為皇太子的近侍是升官的捷徑，而且起初也的確有好幾個人主動爭取，沒想到幾天之後就瘦得不成人形，說自己實在吃不消了，真的很可怕。

由於皇太子之前都在宮外，所以朝廷內幾乎沒有人詳細瞭解他的為人，但在他回宮短短一個月時間內，就連低階官人都知道「皇太子殿下是個超級古怪的人」。

但是，喜榮認為這並不是好現象。

「雖然不該這麼說，皇太子的確有很多問題，只不過就這樣輕易辭職似乎也不妥。」

喜榮認為之前那些辭職而去的近侍都是缺乏毅力。

北家在四家中和武家關係最密切，喜榮是北家的嫡孫，他似乎和雪哉一樣，認為中央貴族的少爺都太軟弱了。

「雪哉，你在垂冰磨練長大，不可能沒有毅力，所以我認為你絕對沒問題，也很贊成祖父的意見。事實上，你是第一個能夠持續在皇太子身邊工作那麼久的人，可見我沒看走眼。」

喜榮心滿意足地笑了起來，但雪哉猜想他應該沒有聽說自己在垂冰的名聲。雖然雪哉很慶幸皇太子中意自己，但喜榮應該做夢都沒有想到，只要稍有閃失，自己非但無法持續留在皇太子身邊工作，還可能會被說成是「北領的恥辱」。

雪哉露出了不置可否的笑容時，民政寮送來了他正在等待的信函，但似乎上面下達了什麼命令，喜榮辦公的地方也喧鬧起來。雪哉來不及道別，便匆匆離開了。

雪哉被皇太子差遣在朝廷內到處辦事期間，瞭解到一件事——那就是宮廷內對皇太子殿下的風評並不理想。

他無論去哪一個部門，都聽到有人為皇太子不明事理嘆息，甚至有人的言行表現出對皇太子是日嗣皇太子這件事感到不滿，但這似乎並不是因為皇太子本身行為奇特，而是皇太子的兄長長束太出色，更助長了這種情況。

十年前的一場政變，長束雖然失去了皇太子的地位，但至今不遺餘力地充分發揮良好的人品，持續贏得眾人的愛戴。他頭腦清晰，個性溫厚，在緊要關頭能夠當機立斷，更何況他是個子高大，容貌英俊的美男子，不受歡迎才奇怪。

而且聽說長束很像被稱為明君的上代金烏。瞭解當時狀況的年老高官雖然無法大聲說出口，但當今陛下對四家言聽計從這一點，感到美中不足，所以都對長束充滿期待。

沒想到十年前的那場政變導致長束被趕下皇太子的地位，令許多失望不已。長束不僅得到年輕官人的愛戴，更深受高位老臣的極大支持。

皇太子剛從宮外回宮不久，加上行為個性奇特，當然不是長束的對手。目前只有皇太子母親娘家的西家，明確表態支持皇太子。

即使沒有這些情況，以皇太子那種性格，當然很容易樹敵。雪哉一路思忖著這些，飛回了招陽宮。

這個季節的日照時間變長，皇太子幾乎都是在太陽下山後才回宮，所以雪哉可以在漸漸西沉的太陽下，有充裕的時間處理完工作。

雪哉抓著裝了信函的包裹，以鳥形悠然地降落在招陽宮的庭院時，看到皇太子張開雙腿，一臉可怕的表情站在那裡，忍不住大驚失色。

「殿下！您今天這麼就早回來了。」

「你太晚了，我等了很久。」

雪哉慌忙變了身，皇太子一把揪住他的脖子，然後大步走了起來。

「喂，怎麼回事？」

雪哉一路被拖著走，忍不住發出了抗議的聲音。

不知道是幸運還是不幸，半個月來，因為皇太子一直提出各種無理要求，所以雪哉對皇太子也越來越沒有顧忌。

「我自己會走路！」雪哉氣鼓鼓地說，接著甩開了皇太子的手。皇太子也立刻放開了他。「到底要去哪裡？」

皇太子穿越招陽宮，似乎正走向朝廷的方向。據雪哉所知，至今為止，皇太子從來沒有親自去過朝廷。雖然雪哉察覺到可能有事情發生了，但聽到直直看向前方的皇太子說的話，還是忍不住倒吸了一口氣。

「要去紫宸殿。父皇似乎緊急召開了會議。」

「紫宸殿！」雪哉原本小跑著跟在皇太子身後，此刻停下了腳步。

〈紫宸殿〉是金烏陛下的皇宮正殿，也是皇宮和朝廷連結的唯一地方，平素不允許任何外人進入，只有四家直系的高官，以及和金烏有關的宗家八咫烏才能進入。即使獲得准許進入，紫宸殿也很少開放。

雪哉看到皇太子毫不猶豫地衝向紫宸殿，才想起他是當今皇太子。

雪哉瞥了一眼皇太子的背影，他在漆黑的羽衣外，披了一件淺色的單衣。這身打扮看起來像花花公子，卻也是他平時的樣子。雖然外表看起來完全不像皇太子，但他的氣質的確與眾不同。

雖然他經常毫不客氣地命令雪哉做這做那，卻從來不會擺出一副高高在上的態度。即使他經常做出一些挑釁雪哉的言行，當雪哉表現出反抗的態度，他也不會罵人，相反地，他似乎對雪哉那種被視為不敬的發言感到很有趣。

也因為這個原因，雪哉開始在這裡工作至今才沒多久，內心為宗家皇太子服務的真實感和感激已經完全消失。雖然因為皇太子本人並不在意，造成雪哉說話也越來越沒有規矩，但在公眾面前還是不能失去分寸。

雪哉跟在皇太子身後的同時，提醒自己必須小心。

不一會兒，兩個人就渡過了橋，來到了朝廷深處——那是雪哉從來不曾踏入的地方，周圍的氣氛也漸漸變得不一樣。衣著華麗的近衛兵人數越來越多，宮中的裝飾原本就很富麗，這裡的裝飾更加雅緻，更加高級。

沒多久，他們就抵達了紫宸殿。

紫宸殿和走廊之間有一道雕刻了柑橘和櫻花的門扉，門前有一整排正裝的士兵，似乎在保護後方的紫宸殿，正前方的門緊閉。

「似乎無法進去裡面。」

皇太子聽了雪哉的話，微微瞇起了眼睛。

就在這時，一個粗獷而又響亮的聲音響徹周圍。

「啊呀啊呀，皇太子殿下，您似乎來晚了一步。」

雪哉一看到那個男人，立刻覺得他「簡直就像把傲慢穿在身上」。

那個人的年紀應該介於青年和壯年之間。他面目凶惡，而且毫不掩飾臉上的傲慢笑容，從張開的嘴巴中露出了像動物獠牙般的虎牙，在鬼火燈籠的燈光下發出黃色的光。兩道濃眉下始終發出燃燒般光芒的眼珠子也很大，顏色很黑。

他把一頭蓬髮隨意綁了起來，穿了一件深紅底色上用金絲繡了大車圖案的上衣。雖然長束也很高大，但身形很勻稱。這個人的肩膀很寬，長手長腳，而且飽滿的肌肉簡直就像樹幹，即使隔著厚實的錦衣，也可以感受到他飽滿的肉體充滿了自信。

雖然他可怕的容貌令人生畏，卻有一種讓人不敢移開視線的震懾力。

「你是南橘的路近吧？」

被稱為「路近」的男人聽了皇太子的話，露出淡淡的笑容。

「沒錯，皇太子殿下認識我，真是太榮幸了。但我已經離家了，所以現在不再是南橘的路近，只是純粹的路近。」

「你為什麼在這裡？你不是皇兄的護衛嗎？」

劍拔弩張的空氣中，只有路近始終保持著從容不迫、老神在在的態度。

「因為長束親王正在這道門後面。」路近用下巴指向紫宸殿的方向。

「該不會有人命令你阻止我進入？」皇太子露出了嚴肅的表情。

順著皇太子的視線看過去，看到了站在路近背後的男人手上握著一把和身高差不多高的大太刀。如此巨大的刀簡直就像是裝飾，但這把大刀一旦出手，任何人都根本不是對手。

除非是不動腦筋的人，否則不可能在紫宸殿前而且還是對皇太子動刀。雖然雪哉很清楚這點，但不知道為什麼，他覺得路近身上有一種危險的氣息，很可能會做出這種事。

然而，路近聽了皇太子的話，捧腹大笑了起來。

「您真愛開玩笑！沒有人能夠命令我，即使有人可以命令我，長束親王也不會下達這種命令。」他的笑聲未停，又繼續說了下去。「更何況，根本不需要我這麼做，這道門也已經關閉了。就連皇太子殿下，也無法進去了。」

當今陛下臨席決定重要國策的會議〈御前會議〉，一旦開始，紫宸殿的門就從內側關閉。無論發生任何狀況，都無法從外側將門打開，在會議結束之前，這道門都無法打開。

路近想要說，根本不需要自己妨礙，皇太子也無法進入。他抱著雙臂，露出一臉賊笑，似乎決定袖手旁觀。

「你說，我無法進入紫宸殿嗎？怎麼可能有這種事？」

皇太子很乾脆地說完，從露出不安眼神的門衛之間走過去，站在門前。

「開門。」

當皇太子清晰的聲音響起的瞬間，門扉內側立刻發出門開鎖的聲音。

路近瞪大了原本就很大的眼睛。

皇太子沒有看他一眼，轉頭對雪哉說：「來吧！跟我來。」

在雪哉意識到皇太子在對自己說話的同時，紫宸殿的門打開了。

第二章　阿斗皇太子

看來事情很不妙！北家家主在心裡嘀咕著，但故作鎮定地打量著紫宸殿內。

紫宸殿內舖著木地板，寬敞的殿內光線明亮，很難想像這裡是室內的空間。

當今陛下所在的上座，位在高了好幾階的地方，和四家家主所坐的位子之間垂了一道水晶串珠的簾子。四家的家主都身穿深紅禮服，坐在兩兩相對的四個座位上。身穿紫色法衣和金色袈裟的長束，坐在當今陛下和四家家主之間。

周圍的黑漆牆壁上，用螺鈿描繪出四季花卉和儀式的進行。欄杆之間用紫色繩子繫了好幾個銀鈴，深紫色的幕簾上用金線繡了「日輪垂藤」的圖案。一整排明亮白光的鬼火燈籠，讓這一切清晰可見。

四家家主下座的位置，是來自各部門的官吏，都是與四家有關的高級貴族，他們個個都一臉緊張地坐在座位上。而所有緊張的表情，都看向前一刻語驚四座的女人身上，他此刻正若無其事地站在那裡。

這個五官清秀、有一對鳳眼的女人，看起來意志很堅強。一身和男人相同的文官打扮，但頭上並非戴冠，一頭柔順的頭髮剪成不到脖頸的短髮。

像她那樣捨棄出生時的戶籍，以男人的身分在朝廷任職的女人，被稱為〈落女〉。一旦成為落女，就無法再恢復普通女人的身分，但可以在朝廷內和男人平起平坐。

眼前取了「松韻」這個男人名字的落女，不是以女人的身分，而是以官人的身分站在這裡，而且他的地位是離當今陛下最近的秘書官。

在目前這個場合，稱他為當今陛下的代言人也許更正確。

「……所以，這句話是什麼意思？」坐在北家家主右側的西家家主清了清嗓子後，打破了漫長的沉默。「陛下打算廢除皇太子殿下的太子地位嗎？」

即使在簡直就要被射殺的視線注視下，松韻仍然一臉無法解讀出任何感情的淡漠表情。

「西大臣，您所說的意思無誤。」她重重地點了點頭說。

「這個笑話太有意思了。」

西家家主突然大聲笑了起來，嘴邊紅棕色的鬍子也跟著抖動。

「關於『皇太子是誰』這個問題，在十年前就已經有結論了，現在是基於什麼想法說這種荒唐可笑的話？」

哈哈哈哈。低沉而響亮的笑聲在紫宸殿內空洞地迴響，除了西家家主以外，沒有其他人發出笑聲。

不過，松韻面不改色地回應道：「這不是什麼荒唐可笑的事，而是陛下的意向，不容置疑。難道您覺得陛下的意見可笑嗎？」

西家家主聽聞，用笏板拍打自己的大腿。

「恕我失禮，如果陛下如此理解，我在此謝罪，但我並不是覺得陛下的意向可笑。」

「那您是在笑什麼？」

西家家主聽到松韻的反問，對她投以強烈的視線。

「我只是在笑，把自己的意見說得像是陛下意向的這種僭越做法。」

現場的空氣頓時凝結，繃緊起來。

松韻狠狠瞪著西家家主，西家家主露出了嘲諷的笑容。

「廢除皇太子殿下的太子身分，不可能是陛下的想法。松韻大人，這是你的希望吧？」

「愚蠢之至。難道您認為我是為了私欲，扭曲陛下的意向嗎？我不會做這種事。」

松韻冷笑嗤之以鼻。

「啊啊，恕我失禮，我表達得不夠清楚。你的確不會為了實現自己的希望做這種事，但如果是為了皇后殿下想要讓長束親王成為下任金烏的希望呢？」

西家家主並沒有否認，而松韻聽了這句話後臉色大變。

北家家主注視著劍拔弩張的兩個人心想：**那傢伙終於說出了口**。然後閉上了眼睛。

北家家主不動聲色地瞄向周圍，發現成為長束後盾的南家家主把發言權交給了松韻，自始至終保持沉默，而東家家主似乎也打算靜觀其變。

御前會議立刻變成了推戴長束的松韻，和推戴皇太子的西家家主一對一的廝殺。

所有人都知道，大部分的落女原本都是跟隨皇后的女官。雖然落女表面上是當今陛下的親信，但實質上發誓效忠的是大紫皇后。

當今陛下討厭政治，個性畏首畏尾。聽說大紫皇后雖是女人，卻很有謀略，她是長束的親生母親。在十年前政變時，是帶領長束派強硬反對長束讓位給皇太子的八咫烏之一。這次提出廢除皇太子的太子身分一事，顯然是大紫皇后在松韻背後操控。

在此之前，不曾有人正面質問「廢太子」這個問題。因為誰都看得出來，目前的宗家，比起對家臣言聽計從的當今陛下，大紫皇后更有實力。此外，大紫皇后是南家出身，她的意見也就代表了南家的想法。

擁立皇太子的西家，和推戴長束的大紫皇后勢必會產生對立，但和大紫皇后發生正面衝突，勝算恐怕很渺茫。

他到底有什麼打算？北家家主默默注視著西家家主。

西家家主語帶嘲諷地說：「我知道大紫皇后在想什麼。是不是打算將皇太子殿下廢嫡，讓長束親王重新成為皇太子？整件事一開始就和陛下的意向無關。」

長束不為所動，他自始至終默默聽著他們說話。一直坐在長束身後垂簾中的當今陛下，也一如即位至今的態度，完全沒有任何反應。

西家家主瞥了長束和上座一眼，冷笑一聲說。

「前金烏陛下曾正式指名皇太子是嫡孫，白烏也已經承認了皇太子，豈容你信口開河！」

白烏除了主掌神事，還是宗室法典的審判者。十年前，許多人都反對長束讓位，最後是因為白烏承認了奈月彥為皇太子，才決定由長束讓位給皇太子。西家家主揚言不允許推翻這個決定。

「果真如此嗎？在『立太子之禮』之後，才能成為正式的皇太子，皇太子殿下目前尚未完成，真的能夠稱為日嗣皇太子嗎？」

松韻也沒有保持沉默，她語氣平靜地反駁道。

「這是……」

西家家主正打算反駁，但在理解松韻這句話意思的同時，也無法繼續說下去。

因為皇太子尚未娶妃，就無法舉行「立太子之禮」這個儀式。皇太子在幼年時離開了山內，直到不久之前都一直在宮外，當然還沒有舉行「立太子之禮」。

松韻並不是要「**廢除奈月彥的皇太子身分**」，而是指出了「**奈月彥根本還不是日嗣皇太子**」的可能性。

「想要成為日嗣皇太子，只有白烏的承認並不充分。正確地說，目前山內並沒有日嗣皇太子。而且十年前是前金烏陛下推舉皇太子殿下為日嗣皇太子，並非當今陛下，所以現在不是該由當今陛下重新指名真正的日嗣皇太子嗎？」

松韻的斷言，讓西家家主極其不悅。

「為什麼事到如今要這麼做？目前已經為皇太子殿下開設了櫻花宮，只要皇太子殿下前去櫻花宮挑選登殿的公主，舉行『立太子之禮』，這不是就能解決你剛才所提出的缺失？」

「請您不要誤會，陛下並不是因為『選定的缺失』才提出這個問題。」

在雙方針鋒相對的論戰中，松韻始終強調這是當今陛下的意思。

「皇太子殿下回到山內即將兩個月，在這麼短的期間內，在座的各位也都已經瞭解到皇太子殿下的離譜行為。」松韻不讓西家家主有開口的機會，繼續說道：「皇太子殿下在宮外的時間太久了，所以才會蔑視山內，無視宮廷的慣例。隨意打發招陽宮的官人；趕走成為他近侍的宮烏子弟；奉陛下之命，負責教育的學士，至今從未踏入招陽宮一次。西大臣，就連你提及的櫻花宮，皇太子殿下也從來不曾踏入過，倒是每天都去花柳街。」

松韻在說最後一句話時，難得稍微失去了冷靜，語中帶刺。

「觀察皇太子殿下至今為止的行為，難以認為皇太子殿下本人未來有統治山內的意願。在目前的階段放棄日嗣皇太子的地位，不僅是為山內著想，也是為皇太子殿下本人著想。」

西家家主面露難色，但聽到松韻提及櫻花宮時，立刻露出了欣喜的表情。

「皇太子殿下之所以打破慣例，是因為他尚未習慣山內。松韻大人，正如你剛才所言，皇太子回宮還不到兩個月，而且殿下之所以尚未光臨櫻花宮，難道不是因為他已經決定讓誰進入皇宮了嗎？」

其他三家家主聽了他自信滿滿的話，都露出了微妙的反應。東家家主露出了為難的苦笑，南家家主面無表情，但微微皺起了眉頭；北家家主雖然知道自己忍不住表露出無奈，但還是無法克制。

原來如此，難怪西家家主突然敢與皇后作對。

西家家主毫不懷疑在這次登殿，自家的公主絕對能入宮。一旦西家家主的公主成為皇太子妃，皇太子就可以舉行「立太子之禮」，馬上就能正式成為日嗣皇太子。到時候，西家公主就可以在後宮與皇后對抗。

西家家主自認為只要把自家公主送進宗家，就不需要害怕大紫皇后。

真是傻瓜。北家家主忍不住暗忖道。之前就覺得西家家主太天真，但沒有想到他如此平庸愚蠢。

如果只考慮各家的關係，西家公主的確最有可能成為皇太子妃。東家和北家目前並沒有明確表態屬於長束派還是皇太子派，皇太子也不可能挑選擁護長束的南家公主為妃。由此看來，迎娶皇太子母親娘家的西家公主最為簡單。

不過，此前提只建立在，其他三家沒有對皇太子採取任何行動的情況下，才可能發生這樣的結果。

北家家主受可愛孫女「白珠」之託，為了讓她登殿，稍微出了一點力。就連自己這個比較沒有謀略的人也採取行動了，東家和南家顯然在背後謀劃計策。

松韻也對西家家主過度樂觀的發言感到掃興，似乎覺得多說無益，從西家家主身上移開了視線。

「東大臣，請問您對皇太子殿下的現狀有什麼看法？」

東家家主雖然突然被問及，卻還是顯得從容不迫。

「該怎麼說呢……你們雙方的意見，我似乎都能夠瞭解。松韻大人認為以皇太子殿下目前的狀況，是否能夠勝任皇太子重任的擔心言之有理，但西大臣認為目前判斷為之過早的意見也頗有道理……」

東家家主露出了親切的笑容，鎮定自若地回應。雖然他的態度很容易讓人受騙上當，但這是東家的慣用的手法。他向來顧左右而言他，直到最後都不明確表態，目的就在於想要掌握最後的決定權。

松韻似乎也瞭解東家的這種手法，所以並沒有繼續追問東家家主的意見。

「請問北大臣的意見如何呢？」

「嗯……就目前的階段，真的很難下定論。」他低吟回答後，再度環顧周圍的人，「如果說對皇太子殿下目前的行為沒有任何不滿，當然就是說謊。」

其他三家都是徹頭徹尾的文官，北家家主和他們不同，有著身為武人的矜持。他討厭含糊不清，所以無視其他三家內心的盤算，直率地表達出自己的想法。

「長束親王的人品值得信賴，如果他成為日嗣皇太子，山內的將來也必能安泰。皇太子殿下不去櫻花宮，在花柳街流連忘返，的確有很多問題。因為他在宮外多年，是否有承擔起山內的心理準備也令人質疑。」

「但是……」松韻不知道想說什麼，被北家家主制止了。

北家家主繼續接著說下去。「不過，目前在皇太子殿下不在場的情況下討論這個問題，似乎有點太卑鄙了，不知各位意下如何？」

聚集在這裡的所有人應該都已經察覺，長束派策劃了這場緊急御前會議。雖然不知道長束本人參與這件事的程度，但至少松韻和在背後操控的大紫皇后，都絕對掌握了皇太子不在宮廷內的時間，所以召開了這次的御前會議。大紫皇后的親弟弟南家家主，同樣也無法置身事外。

北家家主用責備的眼神輪流看著松韻、長束和南家家主，但沒有人感到坐立難安。

「因為在通知皇太子殿下時，他不在招陽宮內，這不是可以證明皇太子殿下本身並沒有參政的意願嗎？」

如果皇太子有參政的意願，不可能發生這種情況。松韻巧妙地將焦點拉回了原來的論點。

你竟然大言不慚地說這種話。北家家主正準備這麼說時——

鈴鈴、鈴鈴。紫宸殿內響起了輕快的鈴聲。

裝在門扉上通知君主出入的其中一個鈴響了起來，但當今陛下已經坐在上座，現在不可能有人去搖那個鈴。

原本以為是站在門扉附近的士兵不小心觸碰到，但事實並非如此。因為守在門前的士兵其臉上的表情，比回頭看著他們的高官更驚慌失措，對響個不停的鈴聲感到不知所措。

這時，北家家主才終於察覺到情況異常——在場的門衛、身居高位的高官都沒有碰到鈴，那個鈴卻自己發出了響聲。完全沒有風，也看不到任何碰觸鈴的東西，但鈴好像有自我意志般持續響個不停。出入朝廷多年的人，也第一次遇到這樣的狀況。

當他回過神才發現不光是門扉上的鈴，綁在欄杆之間的許多鈴也一樣響了起來。

噹啷、噹啷、噹啷、噹啷、噹啷、噹啷！

這和當今陛下剛才入殿時，殿上童搖鈴的聲音明顯不同，而是所有鈴聲的大合唱，守在門旁的士兵害怕地互看著。

到底發生了什麼事？正當北家家主情不自禁想要站起來，鈴聲戛然而止。同時，門扉上巨大的黃金鎖自己打開了。明明沒有任何人碰觸到門扉，雕刻著櫻花和柑橘圖樣的門扉無聲地打開了。

當門扉大開，眾人看到門外的年輕人身影時，有人露出詫異的表情，也有人露出了驚愕的表情。

噹啷。門扉上和欄杆上的鈴一起發出最後一聲清脆的聲響。

鈴聲自動響起，門也自動打開，殿內響起一陣短暫的騷動。當所有人看到一個年輕人從相對而坐的眾官中間，旁若無人地筆直走向上座時，都紛紛閉上了嘴。

走進來的是一個英俊的年輕人，他全身散發出的氣勢比五官更加震懾眾人。他的一舉手一投足都好像灑落金粉般的氣質，雖然身穿黑衣，身體卻好像閃耀著金色光芒。

不知何故，他本身並沒有華麗的感覺，明明長了一副陰美女人般的臉，卻有一股讓人不敢當面驚嘆他漂亮的氣勢。

雖然他和愣愣地站著的北家家主視線只有短暫交會，但足以讓北家家主感到心驚膽寒。

「皇太子殿下……」北家家主茫然地叫了一聲。

皇太子並沒有回應，悠然踱步到上座前，才終於停下了腳步。

在場的所有人都不發一語，在令人難以忍受的沉默中，眾人的視線都同時集中在一個人身上。

「天下之大，真是無奇不有。」在緊張的氣氛中，皇太子無視所有目光在自己身上，他看著金烏的座位開了口。「這裡正在緊急召開御前會議，但金烏本人在前一刻卻並不在此。所謂的御前，到底是誰啊？」

皇太子調侃的話剛落，垂簾內發出了「呃」的低吟，除此之外，上座沒有任何反應。

「殿下！太好了，您終於來到這裡了。」

西家家主回過神，突然滿心歡喜地說道，接著一口氣說明了剛才發生的狀況，皇太子敷衍地聽著。

也許是因為西家家主漸漸流露出告狀的語氣，皇太子舉起一隻手制止。

「夠了，我已經瞭解大致的狀況。」皇太子轉頭對著愣怔的松韻，說道：「竟然做這種僭越之事。櫻花宮已經開始登殿，我知道你們開始著急，但難道不能做得更聰明一點嗎？」

皇太子並非挖苦，而是用認真的語氣詢問。松韻一臉不悅地沉默不語。

皇太子無視他的反應，環顧了紫宸殿內。

「這裡似乎正在偷偷摸摸商議什麼無聊的事，但既然我已來到此地，就不能再說我沒有參政的意願這種荒唐的話。擇日不如撞日，今天就在這裡回答所有的疑問吧！」

皇太子如此說道。

「首先，關於我是不是日嗣皇太子這個問題。根據宗室法典的規定，既然尚未舉行『立太子之禮』，皇兄和我都不可能是日嗣皇太子。之前是基於前金烏陛下指名，為了便宜行事，把我視為日嗣皇太子。松韻大人所說『**目前山內並不存在正式日嗣皇太子**』的意見完全正確。但是……」

皇太子口若懸河地繼續說明。

「把這個正確的意見作為我不適合即位的根據，實在毫無意義。你該不會忘記，我能夠跳過皇兄，獲得前金烏陛下指名為下任統治者，並獲得白烏承認的理由吧？」

皇太子從陷入沉默的松韻身上移開了視線，看向自己的兄長。

「我在這件事上，應該有無法用常識衡量的立場，否則皇兄沒有理由將日嗣皇太子之位讓給我。還是你想說，你之所以被我這個側室之子打敗，是因為無能到讓周圍人不得不這麼做？」

即使在皇太子愚弄的眼神注視下，長束仍然面無表情。皇太子看到長束這種眼神，第一次露出了喜色。

「皇兄，這很矛盾，對不對？請你說分明，當初為什麼會把日嗣皇太子之位讓給我。」

「這是因為……」長束沉默片刻後，用沒有感情的聲音回答，「因為皇太子殿下是真正的金烏。」

「對，完全正確。」

皇太子殿下將眼睛瞇成了彎月形，笑了起來。

「十年前，皇兄放棄了日嗣皇太子之際，答案就已經很明確了。既然我是真正的金烏，父親大人只是我的代理。只是代理金烏的父親大人，根本沒有資格召開御前會議。」

聽到皇太子公開譴責自己的父親，紫宸殿內鴉雀無聲。

這時，有一個男人注視著皇太子，悄然無聲地站了起來。

「皇太子殿子，恕我直言，這些不都是因為您一直在宮外的關係嗎？」

說話的是坐在四家家主下座的一名年紀尚輕的官人。

北家家主遠遠看到那人眼睛旁的黑痣，想起這年輕人來自南家，最近在長束身邊做事。

這個男人有一張貴族特有的瓜子臉，一頭富有光澤的黑髮抹了山茶花油，梳得一絲不苟。不知道是否也化了妝，兩片紅唇也很有光澤，是令女人為之瘋狂的溫文儒雅男子，充滿警戒的炯炯雙眼，讓人感受到他的聰明才智。他一身綠色官服，這個顏色顯示在各家家主尚未發言的情況下，以他的官位，在這個場合發言有欠斟酌。

原本以為他會因為不懂規矩挨罵，但坐在上座的人似乎認為與其自己不當發言，還不如借他的口說出來比較妥當。

東家和南家家主用眼神勸退了想要制止這個男人發言的下屬，只有西家家主不悅地準備開口，卻遭到皇太子制止。

「繼續說下去。」

男人向上座點頭致意後，嘴角帶著微笑，面對皇太子。

「恕我冒昧奉告。殿下年幼之際在西家長大，長大之後又在宮外遊學，這段期間，由當今陛下肩負代替殿下治理山內之責，要求不得在朝中議政才是強人所難。依我之拙見，在這種狀況下，即使召開朝議，也無人有權指責。」

男人語氣堅定地說完後，又為自己的僭越道歉，然後坐了下來。雖然他看似值得稱讚，但態度有點目中無人。

然而，他剛才那番話聽起來合情合理，皇太子會如何回答？周圍所有的人都屏息斂氣看著皇太子。

皇太子在眾人的注視下輕輕冷笑一聲，斜眼看著那個男人說。

「敦房，開玩笑也不能太過頭了。」

「……殿下，我並沒有開玩笑。」敦房僵硬的臉上擠出一絲微笑。

「我並沒有說不能召開朝議，而是說不能假冒御前會議。因為我已回到宮中，父親大人的任務就已經結束了。」皇太子毫不留情地打斷敦房的話，接著再度看向上座的方向說：「事情就是如此。代理金烏，可以請您離開那裡嗎？您已經沒有必要坐在那裡了，因為我掌握了支配山內的所有實權，不再需要代理金烏了。」

在皇太子嚴肅地說完這句話時，垂簾內發出了分不清是尖叫還是怒吼的聲音。隨著啪沙啪沙的聲響，垂簾被拉扯下來，串珠繩子被扯斷，水晶都掉落在地上。

轉頭一看，情緒激動之下拉扯垂簾的男人，肩膀不斷用力起伏，愣愣地站在原本應該屬於垂簾內側的位置。身穿深紫色和金色刺繡華服的身體極其瘦弱，臉色十分蒼白，睜大的雙眼凝視著皇太子。雖然相貌清秀高雅，但和兒子相比，顯然是沒有什麼特色的平庸長相。

「奈月彥！你、你到底懂什麼？」

即使父親上氣不接下氣，用沙啞的聲音質問，皇太子也一副毫無興趣。他撿起了父親在抓扯垂簾時掉落的笏板，隨手遞還給父親。當父親茫然地看著笏板時，皇太子露出了溫柔的笑容。

「辛苦了！但是……就到此為止。」

男人目瞪口呆地接過笏板，茫然注視著眼前的兒子，然後雙腿無力，當場癱坐在地上。
皇太子露出同情的眼神看著悵然若失的父親。
「帶他離開。」
殿上童聽到皇太子的命令，帶著當今陛下退出紫宸殿，而鈴聲完全沒有響起。
皇太子瞥了一眼因為父親失態而變得凌亂的上座，輕輕撥開掉落在座位上的水晶珠子，毫不猶豫地坐了下來。
「不好意思，中斷了會議，現在可以繼續了。」
官人都大驚失色，面面相覷，就連前一刻還興高采烈的西家家主，也對眼前的事態說不出話，露出了一絲不知所措的表情。
「……用這種方式對待陛下，會不會未免太殘酷了？」沉默中，靜靜響起一個聲音。
皇太子轉頭一看，看到發言的人是自己的兄長，眨了眨眼睛。
「我認為自己只是做了理所當然的事。」
「即使是這樣，應該還有更溫和的方式。」長束語氣堅定，但說話時始終垂著雙眼。
「……這樣啊！我似乎不太瞭解人情世故，真傷腦筋！以後會多加注意。」皇太子注視著他，沉默了片刻坦誠地道歉，接著露出了微笑，「話說回來，皇兄真是心思細膩，你一定可以成為出色的君主。你看到我做事這麼粗心，是不是感到著急？」

這句話雖然聽起來溫和有禮，卻隱藏著挑釁，讓人忍不住捏一把冷汗，眾人不由得屏住了呼吸。

長束也對皇太子露出了難以瞭解真意的微笑。

「絕無此事，殿下之前的行為，讓我覺得殿下是否不把日嗣皇太子之位放在眼裡，所以我才會來這裡。我身為宗家成員之一，只希望正統的金烏統治山內，確保山內的安寧。如果殿下能夠身為金烏，為山內帶來真正的安寧，我不可能取代殿下。」

「聽你這麼說，我就安心了，所以我可以認為你願意協助處事不周的我，對嗎？」

「悉聽吩咐。」

看到兄長自始至終表現出順從的態度，皇太子感到很滿意。

然而，皇太子接下來說的話，卻讓許多人都大吃一驚。

「那你可以在這裡發誓對我忠誠嗎？可以跪在我的面前發誓嗎？」

「長束親王。」不知道哪裡傳出了驚叫聲。

長束只是愣了一下，隨即跪在皇太子的腳下，順從地磕了頭。

「我願為親愛的金烏陛下捨身盡忠，謹立誓約。」長束以宏亮的聲音流利地說道。

不過，當長束抬起頭的瞬間，露出了銳利視線看向弟弟，也許只有坐在靠近上座的北家家主和皇太子才看到長束片刻的眼神。

皇太子看到兄長的表情後，嘴角微微上揚。

「太好了，如此一來，只剩下那些抱有痴心妄想野心的人試圖阻止我即位。企求山內安寧和良好發展的人，以及有志之士，只要默默追隨我就好。」皇太子確認兄長退回原來的座位後，看向四家家主，大聲地宣告：「時間差不多了，著手進行讓位的準備吧！父親大人完成退位後，我就會正式即位。」

四家家主還來不及反應，一個尖銳的聲音從旁邊傳來。

「且慢！皇太子殿下，您可別忘了，目前除了西家以外的三家都對您並不信任，我不認為在無法獲得當今陛下和三家歡迎的狀況之下，有辦法安穩地即位！」

松韻毫不掩飾對皇太子的敵意。

「不，這種說法並不正確。」

東家家主立刻表達了意見，即使松韻瞪視著，他也絲毫不以為意。

「的確，如果問我是否同意皇太子殿下立刻即位，我可能會猶豫。但是，皇太子殿下日後的行為，有可能消除反對即位的理由，所以目前尚難以下定論……」

雖然東家家主假裝手足無措，但他露出了老奸巨猾的眼神。

北家家主覺得他果然是不可大意的老狐狸，也跟著表明。

「我也完全同意必須視皇太子殿下接下來的行為決定。」

「真是感激不盡。」皇太子微微向他點頭。

北家家主定睛看著皇太子這個簡直有點輕蔑舉動，嘆了口氣。

「但在目前的時間點，有一件事想請教殿下，不知可否？」

「沒關係，說吧！」

「請問殿下為什麼要輕視櫻花宮的公主們？」

北家家主讓白珠公主登殿，看到皇太子在花柳街流連忘返感到很不是滋味。雖然可能會被人覺得過於天真，他覺得視皇太子所說的理由，或許有被諒解的可能。不過，聽到皇太子一臉正色說出的回答，忍不住驚慌失措。

「我無意輕視櫻花宮的公主，只是目前我只能這麼做。即位儀式時需要正式的皇后，所以我會在一年內從四家公主中挑選一人入宮。」

西家家主頓時露出了欣喜的表情。

北家家主無視他的反應，露出了訝異的神情。

「既然這樣，為什麼整天流連花柳街？」

即使聽到暗中責備的話，皇太子仍然面不改色。

「這件事也有明確的理由，只不過如果在此說出這個理由，恐怕有人會坐立難安。」

北家家主無法瞭解皇太子這個回答的真意，皺起了眉頭。

「……殿下的意思是？」

「因為我不能在無法確保人身安全的地方久留。」

北家家主還來不及質問這句話是什麼意思，松韻臉色蒼白地插嘴問：「所以皇太子殿下打算在接下來的一年內，讓櫻花宮內的其中一位公主入宮嗎？」

「沒錯，然後立刻舉行即位儀式。」

「但如果南大臣強烈反對，豈不是難以如願？」局勢對松韻越來越不利。

皇太子正準備開口回答——

「我並不打算反對。」御前會議開始以來，始終沒有吭氣的男人冷冷地開了口。

並不是只有松韻聽了南家家主的這句話說不出話，從剛才一直從容不迫的皇太子也瞪大了眼睛，轉頭看向南家家主，問道：「……你、剛才、說什麼？」

「我剛才說，我無意反對皇太子殿下即位。」

雖然南家家主看起來有點不悅，但明確如此斷言，讓人一時無法相信。

松韻茫然無頭緒，東家家主也「啊呀啊呀」地叫著，用笏板遮住了自己的嘴。西家家主更是張大了嘴巴，完全不像是四家的家主。

為什麼？松韻驚慌失措，說不出話。

南家家主瞥了他一眼後，雙眼看著皇太子說：「既然皇太子殿下是真正的金烏，試圖阻止殿下即位毫無根據。更何況長束親王已經向皇太子誓言效忠，更沒有反對的理由。殿下您可以放心即位。」

最後這句話照理說是一句值得高興的話，但聽起來反而讓人感到害怕。就連針對即位一事沒有遭到反對的皇太子本身，也露出了奇怪的表情，只是無法得知站在背後的長束臉上是怎樣的表情。

「南家家主為什麼突然……」

「他以前不是認為皇太子即位的理由有問題……」

坐在下座的官吏忍不住竊竊私語。

南家家主似乎聽到了這些議論，啼笑皆非地回答說：「而且我也完全不相信『**真正的金烏會帶來災禍**』這個迷信。無論是至今為止，還是從此之後，南家都將為宗家和山內的發展盡心盡力。」

南家家主用沒有起伏的聲音斷言，完全無法瞭解他內心的感情。

紫宸殿內頓時響起一陣喧譁。

這也難怪，南家向來掌握了擁護大紫皇后，和大紫皇后的兒子長束的權力，之前總是率先表現支持長束的態度，從來不曾出現過相反的情況。任何人都無法想像南家家主會贊成皇太子即位。

隨著下座的官吏議論的聲音越來越大，御前會議也很自然地結束了。

北家家主難以釋懷地準備離開紫宸殿時，在敞開的門扉後方，看到一張熟悉的臉。

「這不是雪哉嗎？你為什麼躲在這裡？既然你是皇太子的隨從，為什麼不進來？」

「開什麼玩笑，我才不想引人注目。」雪哉神色緊張，用力搖著頭。

他似乎想要說，皇太子剛才出現時震驚全場，自己怎麼可能跟在皇太子身後。

「但是，既然這樣，你……」

「雪哉，走囉！」

北家家主的話還沒說完，皇太子對雪哉叫了一聲，悠然地從他們面前走了過去。

北家家主目送他的背影離去，露出了難以形容的表情。

「……既然這樣，你為什麼來這裡？」

「我也完全搞不懂。」雪哉抬頭看著北家家主，很嚴肅地回答說。

「皇太子之所以能夠從長束親王的手上搶走日嗣皇太子的位子，是因為他被認為是〈真正的金烏〉。」

這是皇太子闖入朝議的隔天上午。

雖然皇太子命令雪哉「**跟我來**」，但雪哉因為不願意，無視了皇太子的命令。在御前會議期間，一直在敞開的門外窺視。即使如此，皇太子也沒有數落他，所以他真心不瞭解皇太子為什麼帶他去紫宸殿。

雪哉不僅不瞭解這件事，皇太子在御前會議上的言行更是讓他感到匪夷所思。原本打算回到招陽宮後向皇太子本人問清楚，但皇太子和澄尾一起外出，一直沒有回來。雪哉無可奈何，在處理完工作之後來到朝廷，找到了正在認真工作的喜榮，要求他說明昨天的事。

喜榮昨天也在下座列席了御前會議。

他看到雪哉來找自己很高興，當雪哉向他打聽皇太子的事時，他一臉很瞭解狀況的表情說了剛才這句話。

「『真正的金烏』到底是什麼意思？我看到皇太子一直用這句話，欺負長束親王和當今陛下。」

雪哉歪著頭問。

「哈哈！原來你覺得是在欺負他們，」喜榮又壓低聲音說，「即使你有這種感覺，也不可以說出來。」

當今陛下有兩個妻子。其中一個，就是來自南家的正室，也就是生下長子長束的大紫皇后。另一個妻子是來自西家的側室，生下了次子的皇太子，和皇太子的妹妹藤波宮，目前已經不在人世。

「照理說，只有正室生下的兒子，而且是長子的長束親王才能成為日嗣皇太子，但皇太子殿下剛出生，上代陛下和白烏聲稱『**這個孩子才是真正的金烏**』。」

「你等一下，我連成為這件事前提的『真正的金烏』是什麼也搞不懂，金烏還有真假之分嗎？」

雪哉歪著頭問。

「你先別著急。」喜榮回答。「嚴格說起來，無論是當今陛下或是上代陛下，都不是真正的金烏。」

「不是金烏？」

「我是說，他們不是〈真正的金烏〉。」

喜榮用指尖戳著雪哉的額頭，毫不馬虎地糾正了他。

「無論當今陛下還是上代陛下，他們正式的名稱都叫〈代理金烏〉，因為只是代理的金烏，所以稱為〈代理金烏〉。」

表面上是在沒有真正金烏時，以代理的身分即位。

「據說真正的金烏和我們八咫烏是完全不同的動物。」

「完全不同的動物嗎？」雪哉回想起任性妄為的皇太子，忍不住納悶。「但皇太子看起來就像是普通的八咫烏啊！」

「那是因為在肉眼看不到的地方有所不同吧！像是昨天，通知的鈴不就自己響起來了嗎？」

「鈴會自己響起，就代表是真正的金烏嗎？」

「不，應該不是這樣……」

八咫烏在夜間無法變身，但金烏不受此限，即使在晚上，也可以像白天時那樣飛行，而且變成鳥形時，比任何八咫烏更大、更漂亮。

金烏為了統率八咫烏，天生具備了各種本領。

「嗯，除此之外，我記得還有可以讓枯木生花，用木杖戳地面，地面就會湧出泉水之類的傳說。」

「這不是傳說，而是鄉野傳奇吧！」

雪哉驚訝地說，喜榮也苦笑起來。

「總之，據說每隔幾十年，宗家就會誕生〈真正的金烏〉，上代陛下主張皇太子殿下就是金烏。」

「我覺得好像沒什麼說服力，而且中央的宮烏不是通常都很少變身嗎？上代到底是從哪裡判斷皇太子是『真貨』？」

「所以這就是問題所在。」喜榮的聲音壓得更低了。「上代陛下似乎對長束親王成為下一任金烏感到不滿。」

雪哉聽了喜榮這句話，瞭解了大致的情況，一下子失去了熱情。

「喔，所以是牽強附會。」

「喂！你說話太大聲了！」

喜榮慌忙向四周張望，確認沒有人注意他們，再度把臉湊到雪哉面前。

「不過，事實就是這樣，甚至有人說〈真正的金烏〉本身就是為了這個目的而存在。」

在當今的朝廷，〈真正的金烏〉是為了方便讓長子以外的人成為繼承人的手法。

「但既然必須運用這種手法，不就代表宗家內部有派系鬥爭嗎？翻開歷史書就發現，真正的金烏統治的時代幾乎都不太平靜，似乎也可以證明這件事。」

有時候出現叛亂，也有時候發生政變，甚至發生水災和飢荒等天災。大家都認為因為踐祚違反常理，所以觸怒了山神。

「皇太子殿下的運氣真的不好。最近稻米欠收，而且還發生了洪水和飢荒，雖然範圍並不大。對這種狀況的不滿，不是也會針對皇太子殿下嗎？」

雪哉聽到這裡，恍然大悟地拍著大腿。

「難怪昨天南家家主會說那種話。」

「沒錯，至今仍然有人繪聲繪影地說『真正的金烏會帶來災禍』這句話。」

喜榮並沒有把南家家主昨天說的那番話當真。

「因為南家家主不可能真心支持皇太子，其中絕對有隱情。」

「我瞭解了，謝謝你的詳細說明。」

「不，不客氣。還有什麼不懂的事，隨時可以來問我。」

雪哉發現喜榮在說話時，臉上的表情始終很微妙。

「你是不是在擔心什麼？」

「倒也談不上是擔心，但是北家在十年前的政變時，不是成為皇太子殿下的後盾嗎？」

「咦？原來是這樣啊！」

雪哉第一次聽說北家推舉皇太子這件事，他回想起北家家主在御前會議上的發言，以及和長束的友好關係，一直以為北家支持長束。

「因為長束親王的母親來自南家，當時南家身為外戚的力量太強大了，所以北家除了和推舉皇太子的西家聯手對抗南家，別無選擇。而且我覺得皇太子殿下並不像朝廷所說的那麼無能。」

雪哉聽到喜榮吞吞吐吐，終於瞭解了他想表達的意思。

十年前的政變時，北家之所以會成為皇太子派，並不是對長束或是皇太子本人有什麼想法，逼迫長束放棄日嗣皇太子的地位，更非因為認為長束本人有什麼問題。

而且事到如今才發現，長束很務實，但自己推舉的皇太子卻是個阿斗，就讓人笑不出來了。尤其從長束在新年宴會時特地去北家拜年，就可以發現長束和北家的關係良好。對以後即將成為北家家主的喜榮來說，似乎產生了不祥的預感，覺得目前的家主選錯了邊。

算了，現在為這種事煩惱也無濟於事。雪哉正想這麼安慰喜榮，聽到有人走路的腳步聲。雪哉以為有人要罵他們在這裡閒聊，回頭一看，忍不住大吃一驚。

「殿下！」喜榮立刻臉色大變。

「沒關係，皇太子不會為這種小事生氣。」雪哉輕輕對他搖了搖手說。

果然不出所料，皇太子並沒有理會喜榮的慌張，轉頭問：「你又在摸魚嗎？」

「摸魚有問題嗎？我該做的事已經做完了。」雪哉冷冷地反問。

「我並沒有說有問題，而且今天你不必再工作了。」皇太子不以為意地回答。

「啊？」

「你和我一起去花柳街。」皇太子不理會啞口無言的雪哉，轉頭看著喜榮問：「情況就是這樣。喜榮，可以把我的近侍還給我嗎？」

「當然⋯完全沒問題。」喜榮語無倫次地回答。

皇太子坦誠地說了聲：「謝謝。」然後揪著雪哉的脖子，大步走了出走。

為什麼會變成這樣？雪哉臉頰抽搐，茫然地看著眼前的景象。

除了滿桌的珍羞美味，還有令人垂涎的瓊漿玉液。像天仙般的美女身穿霓裳羽衣，隨著裊裊樂聲翩然起舞。淡綠色和櫻花色薄紗飄舞，宛如在春天的原野上，嫩草和花仙子在春風中起舞。

在一片銀鈴般的笑聲中，只有皇太子在妖豔的美女的服侍下，泰然自若地坐在上座。

「雪哉，你怎麼了？從剛才就沒有動筷子。不必客氣，趕快吃啊！」

雪哉面無表情地回瞪著皇太子。

「請問殿下，這到底是怎麼回事？」

「你也看到了，這是包場啊！」

「公子真是大方。」

周圍花枝招展的女人發出了嬌媚的笑聲。

「請你不必擔心。」

「公子會全部搞定。」

「公子不會事後叫你付錢的。」

「所以就盡情地吃喝吧！」

女人笑著遞上了酒杯，雪哉忍不住感到暈眩。

皇太子剛才把他帶回招陽宮後，命令他立刻換上官服。雪哉急忙換好衣服走向大門時，皇太子正騎在馬上等他。

「你會騎馬吧？趕快過來。」

太陽已經下山了，但沒有看到澄尾的影子。皇太子似乎打算就這樣外出，而且還要雪哉坐在他的馬上，如果被其他官吏看到，不知道會說什麼。

不知道皇太子是如何解讀雪哉的猶豫，他竟然斷言道：「不必擔心，以你的年紀來看，個子算矮小，而且也不會很重，這匹馬不會有怨言的。」

皇太子心情愉悅地拍著馬的脖子，雪哉在無奈之下，被皇太子抱著坐在馬上。

馬的脖子上掛著顯示是皇太子專用馬的懸帶和鬼火燈籠，載著他們飛向和大門相反的方向。不一會兒，和中央市場明顯不同的地方出現在前方，接著馬飛到其中燈光最亮的地方，那裡是騎馬或坐飛車來這裡的人專用的車場。

「公子，歡迎光臨。」

馬降落在整理得很平整的泥地上，一個男人滿臉堆笑地跑了過來。

皇太子讓雪哉先下了馬，自己也跟著跳下了馬。

「辛苦了，帶我去老地方。」

皇太子說完，把馬轡交給了男人，快步走向市街的中心。雪哉跟在皇太子身後，走進朱漆的大門，想像著如果被垂冰的母親看到，不知道會說什麼，偷偷抱住了頭。

在錯綜複雜的山坡上，各種不同外形的建築物擠得密密麻麻。崎嶇陡峭的階梯兩側，是整排模擬桃花的花燈籠，簡直就像來到了知名的世外桃源。不知道哪裡飄來了宜人的線香芳香，似乎也是模擬了桃花的香氣。

這裡整體的感覺和北領的驛站有幾分相似，只是許多看起來像店家的建築物極盡奢華，別具匠心。大手筆點亮的無數燈光有些刺眼，店內不時傳出女人歡笑聲和音樂聲，除了脂粉的香氣，也有濃醇的酒味。

這裡是宮烏光顧的鬧市。說得更清楚一點，就是皇太子常來的高級花柳街。

「……平時收到的信函，都是這裡的美女寄來的吧？」

雪哉原本想挖苦皇太子，沒想到皇太子毫不在意地點了點頭。

「你說對了。」

「好了，我們已經到了。」

皇太子說完，抬頭看著整條街上特別高級的一家店，其入口處以仙鶴和朝陽的優美雕刻作為裝飾，散發出和朝廷不同的震撼力。銅綠色的招牌上，用金色的大字寫著〈哨月樓〉幾個字。

「啊呀啊呀，公子！恭候您多時了。」

皇太子和雪哉還沒有開口，店裡的人就滿面笑容地迎接他們。

雪哉搞不清楚狀況，跟著走進店內，結果就看到備好的宴席和一群遊女。

「聽說公子找到了新的近臣，要好好慶祝。」

「恭喜恭喜。」遊女心情愉悅地迎接他們。

雪哉也懶得否認，露齒笑了起來。

「你這麼不高興嗎？」

皇太子看到雪哉板著臉，將遊女遞給他的酒杯放在桌上，完全不打算要喝

「這不是高不高興的問題，而是我太驚訝了。」

「驚訝什麼？」

「殿下，您還問我驚訝什麼？您要不要摸著自己的胸口思考一下？」

昨天四家家主才在指責皇太子流連花柳街的事，沒想到他今天照樣花天酒地。櫻花宮的那幾位公主太可憐了，喜榮的擔心也可能成真。照此下去，怎麼可能不為山內的將來擔心？

雪哉仰天嘆息，向來不懂得對人察顏觀色的皇太子仍一派輕鬆地勸酒。

「雖然我不知道你在驚訝什麼，但酒沒有罪過，你不必想太多，喝了再說。」

「您不必在意我，我不喜歡喝酒。」

雪哉在說謊。北領的武家有各式各樣的規定，其中有一條竟是「出生後第一次洗澡不得用熱水，而是用酒」，因此雪哉雖然年紀輕輕，但早就學會了喝酒。

然而，他之所以堅決不喝酒，是因為覺得只要喝了一口皇太子的「慶祝酒」，就等於承認了自己是皇太子的近臣。

皇太子似乎也隱約察覺到他的想法，露出一絲苦笑之後，沒有再多說什麼。

「我瞭解你的想法了。但什麼都不吃對身體不好，吃這個應該沒問題吧？」

雪哉接過皇太子丟過來的東西，再度感到驚訝。

「又是金柑嗎？」

「這是你今天的酬勞，而且有四個。」

皇太子開心地比出和金柑數量相同的四根手指。

「喔，那我就心存感激收下了。」

雪哉懶洋洋地回應後，便不再理會一臉嚴肅表情喝酒喧鬧的皇太子，獨自走到窗邊吃著金柑。室內五光十色的裝飾讓他感到疲累，所以將視線移到窗外。

明亮的店家和店家之間是一片高山特有的黑暗，他把窗戶打開一條縫，冷空氣吹了進來，吹在發燙的臉頰上很舒服。當他低頭看向對面的店家時，發現有人躲在暗處，那個人的臉浮現在黑暗中，似乎看著這裡。

雪哉目不轉睛地盯著那個人看，對方似乎也察覺了他，立刻躲到牆後。他有點在意這件事，繼續看著窗外。

「少爺，不要站在那裡，過來玩嘛！」

一名遊女走到雪哉身旁，將他拉到包廂中央，最後他只能假裝聞到酒味頭暈睡著了。

另一頭的皇太子沒有理會他，繼續飲酒作樂。

天亮時分，皇太子將他搖醒說了聲「走囉！」這時的皇太子早已衣衫不整了。

遊女們原本似乎會大陣仗地送客，但皇太子算是微服私行，所以婉拒了。

皇太子也打算在其他店的客人離開之前，搶先一步離開。

昨晚一晚上不知道花了多少錢。雪哉光想這個問題就覺得很可怕。**難怪會被說成是阿斗，真是自作自受。**雪哉心裡想著這些事，跟在皇太子身後走出了哨月樓。

戶外的空氣還很冷，所以吐出來的氣都是白色。淡紫色的天空下，失去燈光的燈籠看起來格外寂寥。整個街道宛如沉入水底悄然無聲，完全不見前一晚的歌舞昇平。

雪哉怔怔地看著周圍，走向馬廄時突然發現有人跟在身後。他想起昨晚有人在窺視，皇太子花錢毫不手軟，即使被心術不正的流氓盯上也不足為奇。

預感很不妙——

「殿下，請等一下。」

「隔牆有耳，在這裡時叫我公子。」

聽到皇太子冷冷地回答，雪哉正想說，**現在不是在意這種事的時候……**。卻看到皇太子用力向他使了眼色，才知道皇太子也已經察覺到身後有人跟蹤。雪哉連忙閉嘴，努力不回頭看向後方，內心很緊張。

路上沒什麼人，一旦走到馬可以立刻飛起的寬敞車場，無論發生任何狀況，即使有援兵相救，也無法馬上趕到。皇太子應該很瞭解這件事，卻仍然默默走向車場。**他到底有什麼打算？**

皇太子的腰上插了一把打刀*，雖然他也帶著刀，但以皇太子的身材來看，似乎起不了太大的用場。

雪哉心跳加速地跟著皇太子，終於來到車場。跟蹤的人似乎覺得來到這裡就可以放肆，直接放棄了躲藏。

雪哉計算著那些身穿羽衣、在不知不覺中聚集的人數，忍不住臉色蒼白。在皇太子和雪哉還來不及採取任何行動時，就被手持武器、快步靠近的十二個男人包圍。

---

*注：打刀，日本刀的一種。一般而言，室町時代後所說的「刀」通常是打刀，不同於用於馬上作戰的太刀，主要是用於步戰。

「離開你的馬，把刀子交出來。」

一個衣衫骯髒，一臉凶相的男人用低沉的聲音威脅著皇太子。

「為什麼找我們麻煩？想要錢嗎？」皇太子問道。

「閉嘴！如果不乖乖聽話，小心小命不保。」男人用刀子抵著皇太子的喉嚨。

皇太子低頭看著抵著自己喉嚨的廉價刀子，嘆了一口氣。

「好，那就聽你的。」

皇太子慢慢走到離馬約兩、三步的距離，然後用緩慢的動作從腰上取下刀子，丟給了男人。黑色的刀鞘反射著從山頂探出頭的朝陽。

男人伸出手，正準備接住畫著拋物線掉落的刀子，說時遲那時快，突然響起「啪沙」的痛快聲音。皇太子的刀還未落入男人的手上，就被第三者伸手搶了過去。

拍動的翅膀用力一伸，在碰到刀柄時已經變成了人的手。他轉眼之間把刀拔出刀鞘，散落下黑色羽毛，用力砍向把刀伸向皇太子的男人手臂。

「退後！」

皇太子的馬在大叫一聲的同時，用鉤爪踹開濺著血的男人身體，然後漂亮地翻了一個筋斗。當降落在皇太子和雪哉面前，並擋在皇太子和暴徒之間時，已經幻化成一個如假包換的年輕人。

「澄尾大人！原來你不是馬！」雪哉說話的聲音也變尖了。

「趕快退後。」澄尾露出一絲笑容，再度說出這句話。

皇太子早就採取了行動，默默地推著雪哉，兩個人躲到馬廄後方。

澄尾確認兩人安全無誤之後，再度露出銳利的眼神面對那些男人。

「你們並不是想要搶錢的無賴，到底是奉誰之命想要攻擊這位公子？」

那些男人看著被砍下手臂、痛得滿地打滾的同伴，忍不住心生恐懼，聽到澄尾的問話，立刻沉下臉。

「閉嘴，好大的膽子！」他們用緊張的聲音罵道，接著不顧一切撲了上來。

不過，他們根本不是澄尾的對手。

雪哉甚至來不及感覺自己面臨危險，澄尾已輕輕甩掉刀上的血後重新舉起，像飛一樣砍向那些男人。這些男人中有人虎背熊腰，相較之下，個子矮小的澄尾簡直就像小孩子。但是澄尾身輕如燕，動作完全無法預料。

血滴四處飛濺。澄尾又從敵人的頭頂上飛過，這裡也響起了慘叫聲。他輕巧地在敵人刀陣中穿梭的身影，簡直就像在跳舞。他的行動宛如被強風吹動的樹葉般，毫無規則性，敵人看得眼花繚亂，一個個倒在地上。

那些男人終於意識到自己不是對手，發出了慘叫聲，拖著同伴的身體四處逃竄，只剩下最先被砍斷手臂，蹲在地上的男人。

澄尾沒有去追逃走的人，一把抓住按著手臂哭泣的男人胸口。

「趕快說，是誰派你們來的！否則就不只是砍斷你一、兩條手臂而已！」

男人聽到澄尾的恫嚇，嚇得臉色發白，嘴唇發抖。

原以為男人會開口，沒想到下一剎那，男人瞪大了眼睛。不知道哪裡飛來的一支箭，筆直地貫穿了男人的腦袋。澄尾大吃一驚，不禁鬆了手，男人的身體當場倒在地上。

那個男人被箭射穿了太陽穴，當場斃命。

躲在馬廄後觀戰的雪哉，清楚地看到是誰射出了那支箭。他在鬱鬱蒼蒼的樹木縫隙中，看見一張臉和飄起的羽衣。

「澄尾大人，在那裡！」

澄尾朝向雪哉手指的方向跑去，但跑了幾步後停了下來，他思忖片刻後放棄了追擊，回到皇太子和雪哉躲藏的馬廄。

「可能會有伏兵。」澄尾一臉嚴肅的表情說明了理由。

「好，窮追很危險，你的判斷很正確。」皇太子也認同。

皇太子警戒地看向四周，然後看向雪哉，露出了驚訝的表情。

「雪哉，你怎麼了？臉色這麼難看，有沒有受傷？」

雪哉聽了，只是點了點頭說：「我沒事，而且也沒有受傷。」

可悲的是，他的雙腳開始發抖。

皇太子見狀，立刻瞭解了狀況，轉頭對澄尾說：「先回哨月樓。」

「有沒有好一些？」

雪哉聽到皇太子平靜的聲音，在濕毛巾下睜開了眼睛。

「有，我沒事了。」

雪哉用力吐了一口氣，拿下蓋在眼睛上的毛巾，原本昏暗的視野一下子亮了起來，立刻看到探頭張望的皇太子。

這是哨月樓內的一個房間，和舉行酒宴的大包廂不同，是安靜的小房間，皇太子背靠著壁龕*的床柱旁，插了一根白色花瓣掉落的李樹樹枝。

雪哉感覺到自己的心情稍微平靜了些。

「對不起，讓您擔心了，也讓您看到了我沒出息的樣子。」他對著皇太子鞠躬道歉。

雪哉發現自己受到的衝擊超乎原本的想像，雖然沒有當場昏倒，但聞到血腥味後，身體很不舒服。

皇太子看到他愁眉不展，語帶關心地安慰說：「不必在意，對方手上有刀，而且眼睜睜地看到一名八咫烏死在面前，這種反應很正常，不需要感到丟臉。」

「喔。」雪哉像往常一樣懶懶地應了一聲，揉了揉皺起的眉頭。「……但是，我可以請教一個問題嗎？」

「什麼問題？」

「殿下應該知道襲擊的人是誰吧？」

如果不知情，不可能把山內眾當成馬使用。從皇太子察覺有可疑男人跟蹤時的反應，雪哉也確信皇太子早就預料到會有人攻擊。

雪哉從指間窺視著皇太子，發現他露出一絲苦笑。

「是的，沒錯，我知道。」皇太子點了點頭。

「他們是誰？」

「剛才那些人是被人花錢僱用的流氓，但僱主是宮烏，這件事絕對錯不了。」

「宮烏？」

「對，射箭的那個人也一樣。」

「為什麼？」雪哉用沙啞的聲音問道。

「沒為什麼，他們想要我的性命。」皇太子為難地歪著頭。

雪哉聽到皇太子用平淡的語氣回答這個問題，忍不住感到震愕。

＊注：壁龕，日文叫「床の間」，和室的一種裝飾，是指在房間某個角落做出一個內凹的小空間，主要由床柱、床框所構成。和室全體的協調性，則是由床柱所決定。

「有人要您的性命？」

「沒錯，雖然目前還未查明確切的對象，但八成是推舉哥哥的那派人。」皇太子說道：「你看了那天的御前會議，應該也很清楚，我在政治上有很多敵人，其中似乎有人打算在我即位之前殺了我。事實上，至今為止，我不止一、兩次生命遭到威脅。除了有人在飲食中下毒，還有人躲在暗處射箭，不勝枚舉。」

因為皇太子說得輕描淡寫，雪哉有點被搞糊塗了，但這不是重大事件嗎？

「果真如此的話，為什麼之前都不曾公開這些事？不是多次遭到襲擊嗎？」

雪哉實在難以理解。

「因為即使我一再說自己遭到襲擊，也沒有人願意相信。」皇太子抓了抓頭回答。

雪哉無法理解皇太子一臉嚴肅說的事。

「怎麼會有這麼荒唐的事？再怎麼說，朝廷內應該並不是所有人都是你的敵人啊！」

「問題就在於，都是敵人。」皇太子露出有點為難的表情，好像在思考般逐一彎起了每根手指。「在御前會議時，表面上和我針鋒相對的人並不多，但事實沒有這麼簡單。」

對皇太子成為日嗣皇太子最不滿的人，就是長束的親生母親「大紫皇后」。她從十年前就全力推舉長束，如今更將自己的爪牙「松韻」送入朝廷，成為反皇太子派的先鋒。

「南家家主是她的親弟弟，當然不可能對我有好感，和南家有關的中央貴族也一樣。所以南家家主在那天的御前會議上沒有反對我即位這件事，真的太出人意料……我猜想其中必有隱情。」

基本上，南家的宮烏應該都是長束派。

「東家也無法相信。事實上，東家在十年前曾經和南家站在同一陣線，除此以外，東家家主本身就讓人無法大意。」

東家家主的可怕之處，在於「直到最後關頭才決定進退」，是徹底的牆頭草主義。

東家家主不理會任何壓力和交易，每次都在最後的緊要關頭時，才明確表達自己的意見，由自己的意見來決定其他三家的平衡。不難想像，即使能夠拉攏東家，東家之後也可能視形勢的改變輕易倒戈。

雖然東家並沒有因此站在四家的頂點，但也絕對不會墊底。

「把東家拉入自己的陣營反而很棘手。」

基於東家的這種情況，最先把東家拉人自己的陣營，簡直就是自殺行為。

「至於北家的現狀，你應該比我更加瞭解。雖然十年前曾經支持我，但目前不是慢慢偏向長束嗎？北家雖然不像東家那麼明顯，但態度也很模糊，還得持續觀望到底該怎麼選擇。」

雪哉聽了皇太子一連串的話，不由得感到驚訝，但想起了喜榮的態度，一時說不出話。

「等一下，那西家呢？西家不是支持殿下嗎？」

沒想到皇太子聽了之後，反應十分冷淡。

「雖然不是敵人，但也不是盟友。因為西家只是把我視為傀儡，雖然應該會保護我的性命，但十年前因為這個原因犯了錯。」

十年前，當皇太子主張有人試圖暗殺他時，朝廷的反應極其冷淡。支持皇太子的上代陛下剛好在那時候去世也是不幸之一，所以沒什麼人願意挺身支持他的人。

「當時的時機很不利，來自西家的母親大人也去世了，我處於完全沒有後盾的狀態。西家在這方面很遲鈍，似乎認為是幼小的孩子希望別人關心，才會謊稱有人暗殺。」

最後，西家家主提出把皇太子帶回西家作為解決方案，皇太子幾乎半強迫地被關在西家別宅內，完全和中央隔離，簡直被當成公主對待。

「西家的人好像在唸咒語般對我說：『只要健康長大就好，完全不需要思考政治的事，把一切交給西家處理。』」

西家很希望皇太子能夠聽從自己的指揮，就某種意義上，皇太子主張有人想要暗殺他這件事，也認為是把皇太子接回家中的理想藉口。

年幼的皇太子知道這樣下去不行，於是和為數不多的盟友交涉，探索離開山內的方法。

「原來如此，」雪哉驚訝不已，喃喃地說：「所以您才會去遊學？」

皇太子聽到雪哉低聲說的話，心滿意足地點了點頭。

「沒錯，在能夠和四家對抗之前，我只能先逃離山內。」

如今，皇太子判斷終於能夠保護自己，才返回宮中。

「不過，即使是現在，說宮廷中有九成九分九厘是敵人，也絲毫不為過。」

真傷腦筋啊！雪哉嘆了一口氣。

「您該不會也是因為這個原因，不讓外人進入招陽宮吧？」雪哉低吟問道。

「是的，因為我不知道誰可以相信。」

雪哉終於瞭解招陽宮的庭院為什麼會是那種的狀況——修剪得很矮的樹木，是為了保持視線良好，一旦有可疑的影子靠近，皇太子在自己房間內就可以馬上察覺。

「因為曾經有人躲在樹後向我射箭，所以我汲取了教訓。」皇太子深有感慨地說。

「您叫我不要喝井水，也是這個原因嗎？」雪哉皺起了眉頭。

「對，因為曾經有人在井裡投毒。」

「……結果沒事嗎？」雪哉心想，**皇太子還真是命大**。

「你可別小看我，在我小時候，真的是一年到頭都在被下毒。」皇太子輕笑一聲，吐了吐舌頭，說道：「山內使用的毒藥的味道和氣味，我馬上可以聞出來。就某種意義上來說，這也是我的專長。」

這也是很可怕的專長。雪哉在和皇太子聊這些事時，感到的不是佩服，而是驚訝。

「您能活到今天，真的很不容易。」

「雖然我有九成九分九厘的政敵，但也有和這些政敵相比，有過之而無不及的一厘盟友。拜這些強大的盟友所賜，我才能活到今天。」皇太子說到這裡，突然直起了原本靠在柱子上的身體，面對著雪哉正襟危坐起來。「所以雪哉，你現在已經瞭解了我的處境，那我們就來談正事吧！」

「正事？」雪哉的身體忍不住後退。

「你是否也願意成為我的那一匣？」皇太子用力探出身體問道。

「恕我拒絕。」雪哉不加思索地回答，幾乎是條件反射的速度。

「不行嗎？」

「您為什麼會感到意外？」

雪哉反而搞不懂為何皇太子認為自己會成為他的盟友。

雪哉瞇眼瞪著皇太子，皇太子露出不滿的眼神看著他。

「你上次不是說，只要有非你不可的理由，你就會接受？」

「剛才的談話中，哪一點能成為『非我不可』的理由？」雪哉忍不住稍微提高了音量。

皇太子露出明知故問的表情。

「我剛才也說了。無論再優秀的人，除非可以信任，否則我不會要求對方和我同一陣線。同時，即使那個人的人格再怎麼可以信賴，如果會不小心透露我周遭狀況的冒失鬼，我也不會找這樣的人加入。」

「我雖然知道您目前的處境……」雪哉說到這裡，終於瞭解皇太子從頭到尾說話的意圖，立刻閉上了嘴。

「沒錯，你很優秀，而且很有膽識，一旦答應加入對方，就不會背叛。」皇太子突然露出真誠的笑容，令雪哉說不出話來。「我是說，你是值得信任的人。」

「……您太看得起我了，我沒有您想的這麼優秀。」雪哉說完，垂下了雙眼，「在垂冰時，大家都叫我『**鄉長家的廢物次子**』，我沒有什麼能耐能夠讓殿下器重。」

雪哉始終不抬起頭，皇太子毫不在意。

「這是因為你故意表現得讓別人這麼認為，不是嗎？」

雪哉聽到皇太子這句話，身體忍不住抖了一下。

「而且你不是完成了我交代你的所有工作？雖然這麼說有點奇怪，但我知道你是個聰穎靈慧的人，在我面前不必這麼逞強。」

雖然皇太子這麼說，但雪哉無法抬起頭，沒想到皇太子心情似乎很好。

「不瞞你說，你第一天來的時候，我叫你做的那些工作，我也曾經同樣要求過其他近侍……即使忽略值不值得信任這個問題，他們之中也沒有人能夠做完所有的工作。」

那是雪哉之前的六名中央貴族少爺。

雪哉聽了之後，非但沒有感到得意，反而有點失望。

「殿下是因為這樣覺得我『聰穎靈慧』？那果然高估我了。」

雪哉放鬆了肩膀的力量。

「咦？你為什麼會這麼想？」

「因為這只是中央貴族和地方貴族的不同而已。」雪哉瞪了皇太子一眼。「我猜想，那些少爺要去其他地方時，會特地去借『馬』，所以時間就來不及了。但我對於變成鳥形完全沒有任何排斥，我能當場變身然後開始工作，兩者的時間差是最大的原因。因此，您剛才說的理由，根本不成立。」

雖然雪哉如此主張，但皇太子完全不介意。

「你說的事的確是理由之一，但並不是他們很快就離開的最大原因。是那六個近侍根本無法理解我的命令。」

雪哉納悶地抬起頭，和皇太子的眼神交會。皇太子注視著雪哉的雙眼，向他詳細地一一解釋。

「比方說澆水這件事。你澆了水之後，即使花枯掉了，你也丟著不管，那是為什麼？」

皇太子語氣溫柔地詢問，讓雪哉有點不知所措，但還是試著回答。

「因為我覺得您在調查瀑布的水和井水的不同。」

因為是不同的水質導致的變化，所以他認為不需要特別處理。雖然因此導致花盆內的植物枯的枯，死的死，但皇太子並沒有為這件事數落過他。

「因為相同的植物用不同的水澆，當然是為了比較啊！我覺得您怎麼看也不像是基於興趣種那些花草。」

「對，這就是正確答案。」

但是有些近侍無法解讀命令的用意，看到花枯萎了，就偷偷施肥，或是有人換上新鮮的花。當事人可能是出於好心，但從命令的目的來看，根本就是幫倒忙。

皇太子因為那些命令而被稱為「阿斗」，但雪哉瞭解皇太子的命令內容後，經常覺得是近侍有問題。有些看起來是隨口說說的命令，雪哉在事後發現，都是按照優先順序下達命令，所以他覺得不能用阿斗來形容皇太子。

「我看了您閱讀的那些書，覺得您除了詩詞以外，其實是一個很好學的人。」

「想要瞭解青年貴族對遊女單相思的心情，看那些實用的書籍不是更有用嗎？把自己當成是執政者思考時，真正該做的事是什麼？這個問題根本不需要考慮吧！」

「雖然言之有理，但也因為這個原因惹惱了學士。」

「我並沒有輕視詩詞，只是我完全無法理解，反複讀那些像誦經般的戀歌功課有什麼意義？所以我也從來沒有叫你代替我寫那些功課。」

皇太子一臉為難。雪哉見狀，覺得必須說說皇太子。

「關於這個問題，我覺得殿下的說法也有欠妥當。既然有人擅自貼心地完成了學士出給殿下的功課，不是很令人欣慰嗎？」

雖然這只是自己胡亂猜疑，但搞不好擅自幫忙寫功課的人，也曾經有過找別人代寫功課的經驗。

「總之，你是至今為止的近侍中最優秀的人，但你卻說自己在垂冰是大家口中的『廢物』。你在遇到有生命危險的狀況時，也能夠沉著冷靜；但聽說比賽時，你都是投降認輸的那一方。」

「為什麼連這種事都知道？」雪哉忍不住尖叫起來。

「因為我覺得無法理解，新年發生的那起騷動，該不會也是故意的？」

皇太子小聲地嘀咕道。

雪哉聽了沒有吭氣，抬頭一看，發現皇太子像紫水晶般發亮的雙眼注視著他，臉上露出了沉靜的微笑。

兩人相互看著對方，雪哉發現皇太子無意收回視線後，他無力地垂下了肩膀。

「……我並沒有特別裝笨。」雪哉深深嘆了一口氣後抬起頭，因為他覺得沒必要再掩飾，所以露出了自己也意識到有點乖僻，但最接近真誠的笑容。「新年的那件事，的確如殿下所說，我也覺得有點過頭了。而且也因為這個原因，捲入了現在這麼麻煩的事。」

雪哉露出憤恨的眼神看著皇太子。

「你的個性真的很差耶！」皇太子語帶佩服地說。

「很榮幸能得到您的稱讚，但和中央貴族相比，我根本是小巫見大巫。」雪哉這次露齒而笑，然後語帶嘲諷地說：「新年的時候，如果不那麼做，最後絕對會變成『**搞不清楚自己身分的山烏的錯**』。可悲的是，就連我父親這個鄉長也這麼認為。所以除此以外，沒有其他方法。」

雪哉露出不悅的表情，皇太子輕聲笑了起來。
「原來如此，你這麼堅強很了不起。你還是該當我的近臣。」
皇太子收起了笑容，但雙眼仍然露出了意味深長的微笑，熱心地勸說著雪哉。
雪哉向來習慣被父親罵笨蛋、傻瓜，像這樣被人大肆稱讚，總感到渾身不自在。
他鞠躬說道：「非常感謝殿下的謬讚，但我還是不可能在中央做事。因為我已經決定以後要回故鄉，為故鄉而活。很抱歉！」
「這樣啊！」皇太子語帶遺憾地說。
雖然很對不起皇太子，但這也無可奈何。雪哉覺得有點於心不安地低下了頭。
這時，耳邊傳來皇太子開朗的聲音。
「但是，如果你不到一年就回去的話，不是會被送去勁草院嗎？」
「啊？」雪哉抬起頭，看到皇太子雖然開朗卻完全無法信任的笑容。
「既然這樣，就代表你已經決定，至少要在宮廷內一年。」
「……殿下怎麼會知道這件事？」雪哉愣在那裡。
「因為我是真正的金烏，當然知道這種事。」

「殿下，這根本沒有回答我的問題。」雪哉聽了露出僵硬的表情。

皇太子沒有理會雪哉的抗議，似乎覺得並不重要。

「我想設法打破現狀，打算在一年之內，從櫻花宮內娶妃入宮，然後正式即位。為此，必須先完成幾件事。」

在目前的階段，並不知道宮廷內誰是敵人，誰是盟友。所以首先必須找出試圖暗殺皇太子的勢力，掌握明確的證據，同時證明皇太子絕對沒有說謊，增加盟友的勢力。

「即使只是你在宮廷期間也無妨，你在這裡的這段期間，願不願意支持我？不，現在不奢望那麼多了，你願意為我做事，揪住企圖暗殺我的人嗎？就連這樣也不行嗎？」

雪哉聽了皇太子的問題，感到困惑不已。

「殿下為什麼這麼高估我？」

無論皇太子說了什麼，雪哉覺得自己並沒有做任何讓皇太子中意自己的事，而且他甚至不記得曾經對皇太子表現出友好的態度。他不希望皇太子擅自對自己有所期待，之後又感到失望。

沒想到皇太子聽了他的問題，自信滿滿地說：「既然你會這麼說，那就沒問題了。我很無能，別人叫我阿斗也情有可原，但我看八咫烏很有眼光，你絕對不會背叛我。」

雪哉如今已經瞭解這位皇太子的本性。對他說自己「無能」，並不會被照單全收，但仍然感到不解，於是露出了想要瞭解這番話真意的眼神。

皇太子發現了他的眼神，這次露出了純粹的笑容。

「因為我不認為敵人有辦法提供，比我對你的信賴更有價值的東西。」

他還真敢說。雪哉摸著眉間，覺得自己可能輸了。

「……我一年之後就會回故鄉。因為對我來說，最重要的就是家人和故鄉垂冰。」

不過，既然和北家有關，遲早也會對垂冰產生影響。

他瞥向皇太子，說道：「如果會對我的故鄉造成影響，那就和我不無關係了。即使基於這樣的理由，也無妨嗎？」

「無妨，眼下無妨。」皇太子露出調皮的笑容。

「是嗎？」雪哉下定決心後，露出堅定的視線看著皇太子。「如果是這樣，我可以答應。我保證在約定的一年結束之前，我會身為近臣，誠心誠意為您做事。」

皇太子聽了他的話，像花朵綻放般笑了起來。

「是嗎？有你這番話，可以以一擋百。那以後就拜託你了。」

「不，我還不知道能夠幫多大的忙。」

「沒這回事，這下子安心多了。我特地帶你來花柳街也值得了，你願意支持我，真的是太棒了！」

皇太子鬆了一口氣，但雪哉感到哪裡不對勁，所以沒有吭氣。

「請等一下！您剛才說的『**特地帶我來花柳街**』，是什麼意思？」雪哉忍不住問道。

「我覺得非得讓你瞭解，你必須成為我近臣的理由。俗話不是說，百聞不如一見嗎？」

皇太子仍然一臉高興滿不在乎地說。

「雖然我覺得應該不可能有這種事，」雪哉確認說道，語尾不禁有點發抖，「殿下該不會是故意的？」

「什麼故意？」皇太子一臉驚訝，似乎完全聽不懂這句話的意思。

「您應該不會明明知道這次會遭到襲擊，還故意這樣花天酒地吧？」雪哉慌忙補充說。

「不，你說的沒錯。因為我覺得最近有點可疑，再加上我昨天的挑釁，所以猜想差不多該派人來襲擊我了，同時又覺得剛好可以讓你瞭解。這樣不行嗎？」

「您腦筋有問題嗎？玩命也該有個限度！」
雪哉覺得理智線斷了，雙手拍著榻榻米，大聲叫罵著。
「你在生什麼氣？」
皇太子發自內心感到納悶。雪哉抓著自己的頭。
「您這樣不是太大意了嗎？如果稍有閃失，今天就會變成您的忌日耶！您到底是有多輕敵啊？這麼玩真的會人頭落地的！」
雖然有澄尾護駕，但稍不留神，真的會慘遭毒手。
為了吸引敵人上門，到底花了多少錢？雪哉想到昨晚的酒池肉林，忍不住感到頭痛，而且這一切的目的只是為了邀自己加入陣營，他真的笑不出來。
「是嗎？」歪著頭回答的這個男人或許不是阿斗，但絕對是怪胎。
「殿下，我是澄尾，我回來了。」
「嗯，進來吧！」
拉門打開，剛才在外面處理善後的澄尾回來了。他看到心情愉悅的主子，和一臉可怕表情的雪哉有點不知所措。

「別擔心，一切都很順利。」皇太子立刻拍著雪哉的肩膀，對著澄尾說：「從今天開始，他也正式加入我們。」

雪哉露出一臉疲憊的表情看著澄尾。

「那真是太好了。」澄尾似乎立刻了然於心，露出苦笑說：「雪哉，那以後就請多指教了。他好惡分明，而且脾氣有點古怪。雖然剛開始相處時，有時候會覺得很火大，但忍耐一段時間就好。只要知道他沒有惡意，相處起來並不難。」

雪哉發現澄尾對皇太子的態度突然變得很隨便，忍不住大吃一驚。

「澄尾大人，您是什麼時候開始擔任殿下的護衛？」

「叫我澄尾就好，」澄尾說完，很自在地當場盤起了腿，「當護衛是最近的事，但我們從小就認識了。」

「不瞞你說，在目前的山內眾中，只有澄尾是我真正信任的人。」

「殿下連宗家的護衛隊也不相信嗎？」

「從我父親即位之後，山內眾徹底腐敗了。」皇太子皺著眉頭說。

十年之前，山內眾基於共同的信念團結在一起，以「保護宗家」為目的汰弱留強，成為武藝高強者聚集的集團。歷代金烏也都經常去探視山內眾，山內眾和宗家之間建立了牢固的信任關係。

不過，皇太子的父親當今陛下，向來不曾試圖和山內眾建立良好關係，他厭惡武藝，也把政事全都交給臣子，整天在後宮沉迷管弦樂。這也讓山內眾對他失去了信心。

許多有實力的武人都離開了山內眾，新的山內眾都是四家的宮烏中被認為「無法成為文官」的人。這些烏合的宮烏進入勁草院的結果，導致目前的山內眾變成懂得算計，衡量個人得失後才會採取行動。

雖然名為山內眾，但其實已經缺乏組織的統一性，淪為四家爪牙聚集的地方。

「這十年來，山內眾重視門第更勝於實力，目前幾乎可說是宮廷的縮影。」

雪哉的叔叔為自己曾經是山內眾感到自豪，如果聽到這番話，恐怕會昏倒。

雖然山內眾並不是完全沒有實力高強的人，但幾乎所有人都已經忘記了「護衛宗家」的本分，難以瞭解誰的背後有什麼勢力。

「所以在山內眾中，只有從小就認識的澄尾，我可以斷言他是我真正的盟友。」

「雖然在外人面前會注重禮節，但沒有外人的時候，我們都以這種方式相處。」

「原來是這樣。」

「是啊！之前對你也很客套，以後也可以這樣相處嗎？」

「當然，以後請多指教。」

當他們相互鞠躬後，澄尾露出嚴肅的表情，轉身面對皇太子。

「我在外面打聽到幾個消息……」

皇太子露出銳利的眼神點了點頭，雪哉也慌忙做出認真聆聽的姿勢。

「你說吧！」

「首先，剛才逃走的那些傢伙，現在應該都死了。」

「你說什麼？」

雖然從澄尾臉上的嚴肅表情，猜得到應該不是什麼好消息，但這個事實太出乎意料了。

澄尾繼續說明了詳細情況。

「剛才在後面的山林中發現了幾具屍體，引起外面的騷動。我直接去確認了一下，的確就是剛才試圖暗殺你的那些人。但身上的刀傷並不嚴重，應該並不是失血過多造成死亡。」

皇太子聽到死因另有原因，皺著眉頭呻吟道：「毒死嗎……？」

「應該沒錯。」

他們應該是吃下了遲效性的毒藥，但看他們剛才的樣子，不像是做好赴死的心理準備而服毒。如果有如此堅定的意志，不可能因為稍微遭到還擊就停止行動，倉皇逃跑。

「果然是幕後黑手為了滅口，事先讓他們服毒嗎？」

「在和他們交手時，我在他們口中聞到了酒味，我猜想可能是加在酒裡。」

也許是為了給他們壯膽，請他們喝的酒裡摻了毒藥。

「做得還真是周到啊！如此一來，就無法從暗殺者那條線找出幕後黑手了。」

皇太子愁眉深鎖，要揪出幕後黑手，如果只抓到蜥蜴的尾巴就失去意義了。

如今不僅盟友人數不多，而且皇太子在十年前曾經說有人企圖暗殺他，卻沒有人理會，因此必須掌握明確的證據，一眼就可以看出的確有企圖暗殺皇太子的勢力存在。

「即使在目前這個時間點控訴，也只會被認為是流氓想要打劫有錢的宮烏。」

皇太子思考著該怎麼辦。

「還有這個，我從來沒有看過這個東西。你知道這是什麼嗎？」

澄尾邊說邊把手伸進懷裡，拿出一個像大拇指般大小，模擬了小木槌形狀的小金幣。

「我沒看過，這是從哪裡來的？」皇太子拿在手上歪著頭打量著。

「從死在花柳街後方的那些人身上拿來的，每個人身上都有相似的東西，我猜想是僱主給他們作為暗殺的報酬。因為很少看到，我想或許可以成為線索，所以就拿回來了。」

雪哉一直默默聽著他們說話，探頭看著皇太子手上的東西，忍不住感到驚訝。

「可以給我看一下嗎？」

「好啊！」

雪哉把皇太子交給他的金幣放在手上，仔細打量起來。

他把金幣翻了過來，看到上面有看似曾經刻下記號的痕跡，但記號的地方被敲扁了，所以看不出原來刻了什麼。

「我知道這是什麼。」雪哉嘆了一口氣，用力握住了金幣。

皇太子和澄尾沒想到雪哉竟然知道連他們也不知道的東西，都瞪大了眼睛。

「真的嗎？你才剛成為近臣，就這麼厲害。」澄尾語帶感嘆地說。

「我笑不出來，因為這是北家主邸作為新年紅包的吉祥金幣。」雪哉面色凝重地說。

皇太子和澄尾聽到「北家主邸」這幾個字，立刻臉色大變。

「你說是北家？」

「千真萬確嗎？」澄尾確認道。

雪哉面色凝重，但仍然明確地點了點頭。

「雖然為了避免一眼就可以看出來源，故意把記號的地方敲扁，但我的確曾經看過，而且新年時還曾經直接拿在手上端詳過，絕對不會錯。」

「有多少人拿到這種金幣？」皇太子立刻問道。

雪哉皺起眉頭回答說：「呃……不是按照人數，而是每戶有幾枚金幣，所以無法得知正確的人數。但領取的對象是北家的中央貴族，而且是能夠直接去北家主邸拜年的家庭。我家是例外，否則地家基本上都不會領到。」

如果是這樣，數量就不至於太多。皇太子和澄尾互看著，交換了銳利的眼神。

「沒想到是北家……」

「幹得好！你立了功！」

澄尾粗暴地撥亂了雪哉的頭髮，雪哉一臉難以理解的表情看著金幣。

「但我覺得有點奇怪。」

「哪裡奇怪？」

「因為根據圖案來看，這枚金幣是今年的。」雪哉用指尖敲著金幣表面，「照理說，不可以在領到的當年內使用。」

北領規定，新年時發的金幣是吉祥物，在隔年領到新的金幣之前都要一直放在家裡，因此每年的圖案都略有不同，和其他年份的金幣加以區別。

「為什麼僱主特地用這個作為報酬？」

雖然刻的記號部分敲扁了，但領到這枚金幣的人數並不多，很少有人認識這枚金幣。但反過來說，內行人一看就知道了。拿到這枚金幣的人，等於承認是和北家家主關係密切的人，因此絕對不適合當作報酬付給流氓。

雪哉抬起頭，徵求另外兩個人的意見。

「……也許不是選擇這個作為報酬，而是不得不選擇這個。」

皇太子摸著下巴陷入了沉思，也許有什麼不得不把北家家主贈送的這個充滿榮耀的物品，作為報酬的理由。

「什麼意思？」

「不，這只是我的想像，目前還無法下定論。」

皇太子的態度也不是很確定，似乎改變了主意，然後沒有再表達明確的意見。

「總而言之，這次的暗殺者顯然和北家有某種程度的關係。」皇太子拍了一下手，重新打起了精神，「澄尾，在調查那些流氓之前，你先去查一下北家周邊的情況。」

「好的。」

「雪哉，你有沒有看到那個射箭的人的長相？」

「看到了，但只是瞥到一眼而已，而且距離也很遠，沒有很明確……」雪哉說到這裡，猛然停了下來。「對了，我覺得和在哨月樓時偷看我們的傢伙很神似。」

「是喔？」

「但你不是沒有看清楚對方的長相嗎？」澄尾詫異地問。

「的確是這樣，但好像有哪裡不太對勁。」

雪哉有點不知所措地歪著頭，他也不知道哪裡不對勁。只是在他看到射箭的人轉身的背影時，就直覺地認為是昨晚的傢伙。

「如果你再看到對方，能夠認出他就是射箭手嗎？」

雪哉仔細思考了皇太子的問話後，緩緩點了點頭。

「我想應該知道。但是那名射箭手至少這七、八年期間，沒有在北家主邸新年拜年的時候出現過。」

「啊？」

「你說什麼？」

「你確定嗎？」澄尾聽了雪哉的話後，疑惑地問道：「因為去北家主邸拜年的人不是很多嗎？」

包括下人在內，人數的確很可觀。

既然特地僱用了那些流氓，那個射箭手很可能不方便被別人看到自己的長相。北家相關的中央貴族的下人，或是相關者最可疑。

澄尾和皇太子似乎打算以此為中心徹底清查，避免單憑雪哉隱約的記憶失去了線索。

「無法保證絕對不是。」澄尾說。

「可別小看我，我再怎麼差勁，只要看過一次八咫烏的長相，就不可能忘記。我可不至於廢物到這種程度。」

雪哉立刻反駁且很認真地強調。

澄尾和皇太子都沒有回答，尤其是澄尾，似乎驚訝得說不出話。

「……呃，我是不是說了什麼奇怪的話？」

雪哉看到另外兩個人突然陷入了沉默，很沒自信地看著皇太子的臉。

「不，你不必在意，我瞭解你的主張。」

皇太子明確地點了點頭。

「就朝這個方向調查。」

「……瞭解。」

澄尾在皇太子的注視下，點了點頭後站了起來，他似乎打算出去。

「雪哉，你跟我一起來。」

澄尾起身後，皇太子也猛然站了起來，雪哉也慌忙跟著站起來。

「現在要去哪裡？難道不回招陽宮嗎？」雪哉問道。

「嗯，」皇太子看著半空低吟了一聲後說：「那就先去賭場吧！」

第三章　谷間

「沒想到竟然有這種捷徑……」

皇太子手上拿的箭筒型鬼火燈籠，在黑暗中發出微微的光亮，為了照亮腳下所以將鬼火燈籠拿得很低，兩個人的身影在逼近兩側的岩壁上可怕地搖晃著。

這裡的空氣陰冷潮濕，腳步聲空洞地迴響。

走在前面的皇太子聽了雪哉說的話，轉過頭說：「中央的山裡有許多這種隧道，我猜想很多店家的店內都有這種暗道。」

黑暗中，只看到皇太子穿著用白線刺繡衣裳的背影。

「店裡有暗道嗎？為什麼需要暗道？」

皇太子聽了雪哉的問題後，簡單地說明了一下。

「我們等一下要去的地方，和哨月樓那裡的花柳街不一樣。那裡稱為〈谷間〉，和半公開的中央花柳街不同，那裡是基於風紀的關係，無法公認的、不三不四的歡樂街。」

雖然宮烏已經習慣花柳街那些從某種意義上來說，算是健全玩樂的方式，但也有不少宮烏對谷間很有興趣。只不過有些宮烏因為身分的關係，無法公開去那種地方，所以這些暗道就可以讓他們神不知，鬼不覺地去玩樂。宮烏通常都會支付包括封口費在內的小費，所以也可以成為店家的副業收入，而且這些店家應該和谷間也有某種關係。

「這裡也很方便用來甩掉宮廷跟蹤而來的人。想要去什麼地方，又不想被人知道時，利用這裡效果最好。」

「這就是你經常來哨月樓的原因嗎？」雪哉問。

「也不光是因為這個原因。」皇太子繞著圈子表示了肯定。

和澄尾道別後，雪哉原本以為要離開哨月樓，沒想到皇太子找來店裡的人，不知吩咐了什麼，店裡的人一臉了然於心，讓他們換了衣服後，來到地下室的一個房間。

那個房間內有一個華麗的神壇，神壇有一道對開的門。漆成黑色的門扉上畫了五隻八咫烏和瑞獸，周圍供奉著新鮮的紅淡比*樹枝和白色的幣束*。

*注：紅淡比，日本人稱為榊（サカキ），是日本神道教用來供奉的植物，與日本扁柏、日本柳杉並稱為「神樹」。

*注：幣束（日文：御幣），是日本神道教儀禮中獻給神的紙條或布條，串起來懸掛在直柱上，摺疊成若干「之」字形。

「來這裡要幹麼？」雪哉正感到納悶，店裡的人打開了那道門，映入眼簾的是一片漆黑的隧道。「神壇後方竟然是通往不三不四的歡樂街，他們不怕遭到報應嗎？」

雪哉感到驚訝不已，但也很佩服住在花柳街的人的強悍。

暗道雖然黑暗、狹窄，由於修整過所以並不會難走。暗道內有點涼，剛好是適合走路活動一下身體的溫度。

他們慢慢走了大約三十分鐘左右，終於來到了出口。出口處有一道木門，走出木門是面向山谷的山路角落。木門隱藏得很巧妙，從外面根本看不出來。

看向山谷，從谷底到兩側的斷崖上，有許多小屋密集交錯。斷崖上的房子和貴族的房子一樣，都是懸空式的建築結構；但山上的房子散發出莊嚴的氣氛，這裡則是充滿了低俗雜亂的風情。

「這裡就是谷間嗎？」

「沒錯。白天時差不多就是這樣，晚上就會很精彩，有一整排紅色的燈籠，充滿了異樣的感覺。」

沿著山道上的階梯往下走，雪哉跟在皇太子身後，目不轉睛地看著清晰的谷間。

隨著慢慢接近谷間，不知道哪裡傳來了女人高亢的嬌聲。

衣著邋遢的遊女靠在裝了紅漆格子的窗戶上招著手，和花柳街的遊女明顯不同，雪哉感到毛骨悚然。有些流氓看到顯然和這裡格格不入的皇太子，用下流的聲音吆喝著。

雪哉感到心神不寧，皇太子卻顯得習以為常。雖然皇太子一臉鎮定的表情，但雪哉忍不住擔心，是不是不該和澄尾分頭行動。

「殿──不，公子，來這種地方也未免太魯莽了。」

雪哉的言下之意，就是萬一在遭到攻擊怎麼辦。

皇太子瞥了他一眼說：「不必擔心，今天早上才剛發生那件事，對方也需要時間重整旗鼓。更何況俗話不是說，先下手為強嗎？我們剛才經過地下道，不需要擔心追兵的問題。」

「但任何事都有所謂的萬一啊！」

「別看我這樣，我也會武術，真的遇到萬一的狀況，我可以作戰。」

皇太子面無表情地說完，拍著向哨月樓借來的木刀。

「我說了好幾次，您會被自己的輕率行動害死。」說句心裡話，雪哉不安極了。

「別擔心，我是金烏啊！」

「這不算是回答。」

「是嗎？」

皇太子說話的同時，穿越了谷間的街道，沿著懸崖上的階梯往上走，終於來到了突出如平台的大岩石上，站到建造在岩石上的木製舞台。雖說是木製舞台，但並不是使用加工過的木材，而是直接使用圓木的粗糙舞台。

雪哉小心翼翼地走在舞台上，以免失足踩空。當他看向周圍時，不小心和看起來並非善類、遠遠地盯著他們的幾個男人對上了眼。雪哉忍不住感到緊張，以為對方會來找麻煩，但男人粗聲說的話聽起來並沒有什麼危險。

「這不是墨丸少爺嗎？」

「終於打算來了斷了嗎？」

皇太子聽了他們語帶嘲笑的聲音，神情嚴肅地點了點頭。

「你們說對了，趕快去通知你們的莊家，今天我要把之前輸的錢通通贏回來。」

「這就對了嘛！」那幾個男人大笑著，搶在皇太子之前跑向遠處。

「……墨丸，是您在這裡的名字嗎？」

「對。」

「您剛才說輸的錢是指……？」

「不必在意。」

「您到底來這裡要做什麼？」雪哉冷眼看著皇太子問道。

「你很快就知道。」皇太子回答後，邁開了大步。

雪哉很不想和皇太子有任何牽扯，只不過一個人也無法回去，只能很不甘願地跟在皇太子身後，不一會兒就來到一處熱鬧的地方。

他們從原本搖晃的圓木舞台來到了從岩石鑿出的平坦路上，有許多打扮奇特的男人自在地在路旁休息。放在兩側路旁的行燈，發出廉價油的味道。

靠懸崖的那一側擠了很多參差不齊的小屋，拉客的聲音此起彼落。店家都敞著大門，可以自由參觀正在賭博的包廂。周圍有許多雜亂的裝飾，可能想要引人注目。

角落的一個賭場內擠得水洩不通，觀眾打諢說笑，激動地七嘴八舌說話。皇太子帶著雪哉毫不猶豫地擠了進去。

「各位讓一讓，墨丸我來還債了。」

「少爺！」

「你怎麼這麼久才來！」

「你們讓開，讓墨丸少爺進來。」

「啊喲，終於來了啊！」

「我們可是等得脖子都長了。」

看到賭場內的男人表現出異樣的熱情，雪哉很想轉頭就走。但看著皇太子從人牆讓開的路上邁步向前走的背影，忍不住咬緊了牙關，結果就被周圍人推到主子的身旁。

「這是怎麼回事？」

「上次玩丁半*，也就是用骰子猜單雙數，結果輸了，拿愛用的太刀抵債。今天要來把太刀贖回去。」

如果皇太子只是來歸還上次大輸的錢，以現場的熱情來看，似乎有點異樣。

雪哉要求他說明是怎麼回事？

「你在說什麼啊？最終的勝負，還沒有見分曉啊！」皇太子反而驚訝地說。

「什麼？」雪哉有一種不祥的預感，臉上忍不住露出緊張的表情。

「這是用女郎蜘蛛*的絲所刺繡的絹帛。」皇太子在雪哉面前脫下了身上的衣服。「這件衣服應該夠抵債了吧？」

有時候高級衣物在城下是可以當金錢使用。

接過皇太子衣服的男人，立刻開始檢查起來。

「嗯，足夠了。」男人滿意地說完這句話，露出黃板牙笑了起來。「如果你只是償還之前輸的份，當然是夠的。但你應該不可能就這樣收手吧？」

男人看似恭維，實則不懷好意地笑了起來。

皇太子聽了，理所當然地點了點頭：「對，我一定要在下一局贏回來，連同之前輸的份，要贏雙倍。再賭一局！」

「喔吼！少爺果然帶種！」

「這才是我們的少爺嘛！」

周圍響起喝采、奚落和大笑聲。

---

*注：丁半，日本博統的賭博遊戲，起源於江戶時代。由荷官先擲骰於碗中，並將碗覆蓋，再賭客再猜骰子的數字總和是丁（偶數），還是半（奇數）。

*注：女郎蜘蛛，又稱作絡新婦，是日本傳說的妖怪，能變身成美女誘惑男子。

雪哉臉色發白地說：「喂，不要開玩笑了。現在不是可以用那件衣服抵完所有的債嗎？對您來說，根本微不足道。」

皇太子聽了他這句話，一臉嚴肅地對他說：「不，並不是這樣。不瞞你說，能夠換錢的衣服，就只剩原本放在哨月樓的那一件了，而且那是最後一件，其他的都輸光了。」

聽到皇太子若無其事地解釋完，雪哉發出了無聲的慘叫。

「您到底輸了多少錢？」

「這是回饋給山內的經濟，你不要有這麼多意見。」

「喂，你們有沒有聽到？少爺說是回饋給山內的經濟。」

「太高尚了，令人尊敬啊！」

「太有男子氣概了，真怕不小心會愛上你。」

歡聲中也夾雜著越來越多的笑聲。

雪哉終於瞭解「墨丸少爺」這麼受歡迎的原因了。絕對不是因為皇太子是賭技高強的賭徒而得到眾人喜愛，而是因為他是一頭肥羊。雪哉啞然無語。

皇太子對面的一個男人皺著眉頭，搖了搖頭。

「不，少爺，萬一您輸了，打算用什麼來支付？」

「這次真的打算放棄那把太刀了嗎？」

「如果你要留在這裡工作還債，我們也不會阻止。」

「你應該可以去很多地方工作吧！」

喧鬧聲越來越大聲，雪哉忍不住皺起了眉頭。

然而，即使在眾人無禮的眼神注視下，皇太子本人仍然鎮定自若。

「我不能把那把太刀交給你們，我也無意在這裡工作。」

「那你打算怎麼辦？」

「萬一真的輸了……」皇太子雙手放在雪哉的肩上，一派輕鬆地說：「我會把他留下來。如果我輸了，要煮要烤隨便你們。」

周圍人的視線都集中過來。

「啊？他嗎？」

「他看起來腦筋很不靈光啊！」

「長得也不怎麼好看。」

「啊？」雪哉這才發現自己變成了賭注，他慢了好幾拍才皺起眉頭，發出疑問的叫聲。

皇太子不理會他，用前所未有的熱情開始推銷自己的近侍。

「他身體很強壯，為人也很老實，所以工作很賣力，最適合當小弟了。」

「他的確活蹦亂跳的。」

「等……等一下！」雪哉大聲叫著，但沒有人理會他。

「我賣了一個下人，應該不至於不夠吧？」

「我們更希望是高級衣物。」

「那下次就這麼辦。」

「……好，這次就先這樣。」

「嗯，那就一言為定。」

「瞭解。」

「太好了，談妥了。那就來最後賭一局！」莊家大聲說道，觀眾紛紛歡呼起來。

皇太子和莊家似乎達成了協議，但雪哉內心完全無法接受。

在莊家手下的男人著手準備時，雪哉不顧身分的高低，哭著抓住了皇太子的衣襟。

「您到底在說什麼鬼話！我的價值還不如太刀嗎？您賭博賭輸了，就要把我賣了嗎？您這個王八蛋！」

「廢話少說。」皇太子似乎也終於忍無可忍，一下子湊到雪哉面前注視著他的眼睛，靜靜地說：「相信我。」

皇太子說得很小聲，應該只有雪哉聽得到皇太子說的話。聲音雖小，卻有一種難以抗拒的力量，讓雪哉不禁閉上了嘴。

皇太子發現雪哉被他的氣勢嚇到閉嘴之後，若無其事地恢復了和剛才相同的姿勢。雪哉偷偷觀察他的側臉，發現皇太子的眼神很平靜，根本不像是熱衷賭博的男人。

事情不單純。雪哉立刻想到。

雖然不知道其中有什麼隱情，但他知道皇太子並不是未經思考就進入眼前的狀態。無論如何，目前雪哉完全無法做任何事，他決定暫時放下內心的不安，靜靜等待自己的結局。

不一會兒，皇太子和剛才打算一決勝負的莊家之間，出現了一個紅色漆器盤，上面放著色彩鮮豔的骰子。

「既然是最後的賭局，玩丁半一次定輸贏太沒意思了，這次來玩這個，如何？」

「好啊！」

皇太子即將挑戰的，是名為「滾金」的賭博。

紅色的漆器盤稱為「花盤」，上面用金泥畫了梅花、菊花、蜀葵、和山茶花四種植物。梅花一分，菊花兩分，蜀葵三分，山茶花四分。把骰子丟在花盤上，骰子的點數乘以花的分數，就是得分。總共丟兩次骰子，總分高的人獲勝。但是花盤上分別塗了紅色和黑色兩種顏色，紅色是正數，黑色是負數；即使骰子停在高分的山茶花上，若那裡是黑色，就會倒扣分。

雪哉的老家也有玩滾金的道具，因此雪哉知道賭博的規則。

莊家先丟骰子。只見莊家用食指和中指夾住骰子，目不轉睛地盯著花盤，然後用大拇指搓了搓骰子，把骰子彈了出去。骰子用力旋轉，在光滑的花盤上一直打轉。

「來啊，來啊，來啊！幾點？幾點？」

「紅色、紅色！」

骰子在觀眾的鼓譟聲中停了下來，莊家看到點數，露出了笑容。

「六，紅色蜀葵。」

「十八分！」

那是相當高的分數。

接著換皇太子。皇太子完全沒有擺出姿勢，只是隨手一丟，骰子撞到了花盤的邊緣，然後彈回來旋轉起來。

滾金是靠丟骰子決定勝負的賭博。雖然乍看之下好像在賭運氣，但莊家和老手可以在某種程度上控制骰子的點數，所以對骰子和丟骰子的方式都很謹慎。

相較之下，皇太子完全只靠運氣。周圍的人猜想皇太子應該連怎麼丟骰子都不知道，根本沒把他放在眼裡。看到骰子活力十足地旋轉了半天後停下的位置，都忍不住發出了「喔！」的叫聲。

「五，紅色山茶花，二十分。」

「請。」皇太子抬起視線，用冷靜的眼神看著莊家。

「真有兩下子啊！」莊家接過骰子，用指腹搓著骰子。

「……但關鍵在下一次。」

莊家再度鎖定了目標，吆喝一聲，把骰子彈了出去。骰子漂亮地在原地打轉，直接在紅色山茶花上停了下來。

「六，紅色山茶花！」

「二十四分！總分四十二分！」

雪哉看到莊家的得分忍不住瞪大眼睛，回頭看著皇太子。

必須擲出超過二十二分，也就是擲出六的數字，而且必須落在紅色山茶花上，才有可能贏過莊家。

「公、公子。」雪哉忍不住發出很沒出息的聲音。

然而，皇太子老神在在，對觀眾鼓譟的聲音和近侍的哭聲都不感興趣，只是把玩著手上的骰子。

「……如果我贏了，就給我黃金五十兩。」皇太子突然好像在唱歌般說道，悅耳響亮的聲音讓周遭的噪聒聲一下子停了下來。「結束之後，當場支付。」

他一雙深邃的深色雙眼注視著對面的莊家。

莊家毫不懷疑自己的勝利，難以掩飾臉上的得意笑容，聽到他這句話，從容不迫地點了點頭。

「嗯，那當然。但你也不要忘記，如果你輸了，這個小鬼就在留下來幹活。」

皇太子聽了莊家這句話，露出了微笑，這是來這裡之後第一次露出笑容。

「……我怎麼可能忘記？」

皇太子大膽無敵的態度，讓莊家露出了詫異的表情，但皇太子已經將視線從他身上移開了。他緊緊握住骰力，再次用力丟進花盤。

這一丟，決定了雪哉的命運。

嘎啦、嘎啦、嘎啦。骰子在鮮豔的花盤中彈來彈去。

「來啊，來啊，來啊！紅色，紅色！」

周圍七嘴八舌的聲音漸漸變成了一個聲音。

「來吧，來吧，來吧！」

雪哉覺得骰子丟進花盤到停止的時間很漫長，眼前異樣的氣氛和狀況，讓他的心跳加速，全身的血液似乎都聚集在耳朵深處停止了。

紅色山茶花、山茶花，拜託落在紅色山茶花上……。雪哉一心祈禱著。

小小的骰子漸漸放慢了速度，緩緩在紅色和黑色、在雪哉不斷變化的命運之間搖擺。

喔喔！骰子的轉動變得遲鈍。莊家看到那裡盛開著紅色山茶花，忍不住瞪大了眼睛。

嘎啦。整個賭場陷入一片寂靜，骰子終於完全停了下來。

落在山茶花上，骰子的數字是六。只不過骰子最後停下的位置不是紅色……而是黑色。

六，黑色山茶花。

二十減二十四，等於負四分。

「……咦？」雪哉身旁的皇太子一臉認真的表情，發出了很蠢的聲音。

莊家是四十二分，皇太子是比零分還少的負四分，兩人竟然相差四十六分。

雪哉目瞪口呆，不敢相信自己的眼睛，但無論看多少次，骰子仍然沒有改變。

六，黑色山茶花，負四分。六，黑色山茶花，負四分。六，黑色山茶花，負四分。

負四分——

「呃，那個，要怎麼說……對不起？」皇太子微偏著頭，矯情地向楞住的近侍道歉。

輸得這麼徹底，真的只能笑了。

「您搞什麼啊？王八蛋！」雪哉的尖叫被眾人的爆笑淹沒了。

這是決定雪哉人生第一次被賣掉的瞬間。

「喂，雪哉，你可以回去了。」

「啊？」雪哉瞪大了眼睛，為了把木頭綁在一起而咬在嘴裡的繩子，頓時掉落在地。

雪哉被賣到谷間已經過了一個半月的時間。

他本來只是在皇太子籌到五十兩黃金之前的「抵押品」，但因為皇太子遲遲沒有出現，也讓店裡的人開始用同情的眼神看他，覺得「**你的主人是不是不要你了？**」

他和橋下那些人共度的時間，已超過了在皇太子身邊做事的時間。即使在這裡每天被捲入打架的爭端，必須清理醉酒客人的嘔吐物，他仍然告訴自己，在這裡包辦所有雜務這一點，和之前為皇太子做事時差不多。

這是因為他聽說和他一樣淪為「抵押品」的人，很多都被轉賣出去。那些原本為宮烏做事，最後淪為「抵押品」的人，都是不瞭解自己的立場，而且是惹人討厭的傻瓜，所以店家也很難收留他們。也有的主人從來沒有贖回「抵押品」，很有可能是因為他們太蠢了，所以主人故意把他們拿來抵押。

總之，雪哉不想知道那些「抵押品」最後被轉賣去哪裡，也不想體會這種經驗。他不知道自己會在這裡等多久，所以更害怕被這裡的人認為不中用而轉賣到奇怪的地方。

因此，他比跟在皇太子身邊時更加認真，完全是拼了命地奮力工作，店裡的人也忍不住誇獎他。

我當然要拼命工作啊！他在內心哭泣著，但完全沒有讓人察覺到他內心的想法，只是一個勁地工作。

現下他正在修理客人打架時踩斷的圓木通道，用雙手雙腳和嘴巴綁上新的圓木。

等一下還要為那些老頭煮飯。他心裡這麼想著，雙手按住圓木，用嘴巴把綁住圓木的繩子拉緊。突然聽到這句話，嘴巴不小心鬆開了繩子，結果因為前一刻還在用力，整個人倒向後方撞到了頭。

他摸著被重擊的腦袋，覺得痛得快要昏過去了，但想到更重要的事，猛然抬起了頭。

「真、真的嗎？有人送來五十兩黃金了嗎？」

「真的啊！不是有人送來，是你的主人就在門口啊！」

雪哉聽到這句話，沒有多問，立刻跑了起來。

「公子！」

皇太子發現了他，舉起一隻手向他打招呼。雪哉面帶笑容，突然一拳打了過去。但是他的手立刻被皇太子一扭，整個人被扔了出去。

看來皇太子之前說他會武術並不是謊言，只是雪哉沒想到皇太子會對他出手，於是整個人飛向空中。看到雪哉在泥地上躺成了大字，對打架這種事習以為常的客人和店裡的人都輕聲笑了起來。

「你為什麼突然出手？」皇太子詫異地問。

「您剛才應該乖乖挨我的拳頭啊！至少我有權利宣洩一下心頭的怨恨。」

被丟出去的窩囊氣，讓雪哉不悅地說。

皇太子聽了他的主張，伸出手掌一擋：「我不要！我拒絕遭受不合理的對待。」

「您回想一下自己做的事，還敢說同樣的話嗎？」

「廢話少說，趕快去向其他人道別。」

雪哉聽從皇太子的指示，收拾了剛才丟在原地的工具，逐一去向曾經照顧他的店家道別。已經和他混得很熟的莊家都很依依不捨，甚至希望他繼續留下來工作，雪哉很有禮貌地拒絕後走出了店家。

皇太子今天騎的不是澄尾變身的馬，而是真正的馬。雪哉坐在皇太子前面，一起飛上天空，周圍漸漸變得明亮。當穿越了即使白天時也很昏暗的谷間，照射到燦爛的陽光時，雪哉忍不住眼眶發熱。

「陽光太美好了！」他好久沒有來山上了，忍不住大叫。

「辛苦你了。」

相隔一個半月，回到招陽宮時，皇太子淡淡地慰勞了雪哉。

雪哉低頭看著自己的身體，要求先洗個澡，因為在明亮的陽光下看自己的身體，發現比想像中更髒。

他在水井旁洗完澡，終於在皇太子的房間內喘了一口氣。他坐在門框，坐在書桌前的皇太子丟給他很多金柑。他不服輸地在半空中接住了五、六個金柑，皇太子發出「喔喔」的讚嘆聲，還為他鼓掌，讓他越想越火大。

「然後呢？你是不是有事要向我報告？」

雪哉皺著眉頭吃著金柑，皇太子把竹子水壺遞給他。他一把搶過水壺，連最後一滴都喝完後，用力吐了一口氣。

其實，他早就知道了皇太子為什麼把自己賣去谷間。

「昨天，有許多蒙面的貴人陸續來到一個名叫『吳葉』的遊女那裡。」

雪哉所在的地方不僅是賭場，也是谷間規模相當大的遊女住宿的地方。雪哉當跑腿，除了出入賭場，也會出入遊女的住宿處。第一天就被名叫吳葉的遊女相中，要他幫忙收拾客人使用的餐具。

吳葉很漂亮，在谷間這種地方簡直埋沒了她。她一身象牙色的皮膚細嫩，小巧的嘴好像花瓣，一頭濃密的黑髮用幾根髮簪盤出華麗的髮型，一雙水汪汪的眼睛細細長長，長睫毛在眼睛投下了陰影。

經常有人用花來形容美女，她就像是已經用到變成麥芽糖色的玳瑁花髮簪，因為嚐盡了人生的酸甜，所以散發出一種難以形容的妖媚。她是那一帶最紅的遊女，雖然是在谷間，但仍然有宮烏偷偷去那裡找她。

然而，那天的客人雖然特地指名吳葉，卻說不需要去斟酒。

「小雪，不好意思，因為擔心萬一會有什麼事，所以店裡需要多加派一個人，可以請你在這裡待命嗎？」

吳葉的聲音略微沙啞低沉，任何男人聽到她令人酥麻的請託，都不可能拒絕。

吳葉告訴雪哉，在叫他之前不需要做任何事，於是他就在客人聚集的大包廂隔壁、專門堆放紙燈和被子的房間待命。

雪哉很快就發現，陸續走進房間的客人很奇怪——所有的客人都像是宮烏。

他從因土牆鬆動導致柱子之間出現的縫隙中，偷看包廂內的情況。

那些客人警戒的態度不同尋常，在背對著紙拉門，面對面坐下之後，仍然一臉緊張地小聲討論著什麼事。包括隨行的人在內，包廂內有三十人左右。如果是普通的聚會，根本不需要特地在這種治安不好的地方，完全可以選擇在中央的花柳街。

他們為什麼要聚集在谷間聚會？雪哉忍不住納悶地想。

這時，所有的宮烏都停止聊天，回頭看向包廂的入口。

「所有人都到齊了嗎？」一個低沉粗獷的聲音問道。

那個人大搖大擺地走過兩側的宮烏面前，毫不猶豫地在上座坐了下來。他穿了一件有金色車輪圖案的紅色衣服，頭髮蓬鬆凌亂，奇特的打扮有一種盛氣凌人的感覺。

雪哉看到那個人，忍不住大吃一驚。沒錯，就是這個人，他是長束的護衛路近，之前在紫宸殿前見過他。

路近狠狠掃視了在場的宮烏。

「我不喜歡長篇大論，所以有言在先。關於這次的失敗，想要解釋的人現在就馬上說清楚，否則之後再怎麼囉嗦，我也不想聽了。」

路近氣勢洶洶地說完，包廂內頓時好像凍結了，所有人都面面相覷。

有一個人靜靜地開口說：「路近，你突然說這種話……我們完全不知道今天為什麼突然被叫來這裡。」

那個人的言外之意是，**希望路近說明到底發生了什麼事**？但路近沒有回答。

「並不是所有人都不知道是怎麼回事，有人應該知道我在說哪件事。如果有話要解釋，那就趁現在，趕快從實招來。」

路近雖然含糊其辭，但語氣很不悅，當然沒有人傻傻地承認。

路近用指尖敲打著扶手枕，環顧所有宮烏的臉，看到那些宮烏仍然沉默不語，用鼻子冷笑了一聲。

「好吧！就是前幾天發生的事。有人在中央的花柳街襲擊了皇太子殿下，直接動手的都是一些流氓，而且不知道為什麼。皇太子殿下並沒有張揚這件事，朝廷內也只有少數人知情……」路近停頓了一下，露出沉痛的表情閉上了眼睛說：「但是，竟然有不肖之徒襲擊日後將背負山內未來的日嗣皇太子，這件事很嚴重！」

雪哉聽到這句話，不禁感到納悶心想：**路近該不會是皇太子為數不多的盟友之一？**

然而，當路近睜開眼睛時，他的雙眼露出了異樣的金色光芒。

「真是的！到底是誰這麼沉不住氣？」比剛才更加低沉的聲音，就像是野獸的咆哮。

雪哉感到一陣寒意貫穿後背，忍不住抱住了自己的雙臂。

路近的聲音顯然充滿了殺氣，聽了這樣的聲音，不感到害怕才奇怪。那些年輕的宮烏中，有人忍不住抖了一下。

路近繼續用可怕的眼神看著所有人都露出的緊張表情，露出像獠牙般的牙齒，發出了豪放的哈哈笑聲。

「不必這麼緊張，沒有做這件事的人可以抬頭挺胸。我只想問你們其中一個人，這到底是怎麼回事？」

路近用開朗的聲音問完之後，把手伸進懷裡拿出某個東西往前一丟——金幣發出嘩啦啦的聲音在兩側的宮烏面前散開，一定就是那些流氓身上的吉祥物。

「有誰看過這東西？」路近歪著嘴角問道。

宮烏的反應幾乎都差不多，雖然每個宮烏都努力不讓內心的感情表現在臉上，但看到路近丟出了自己從來沒有看過的金幣，都暗自鬆了一口氣。

路近看向每一個人，有人搖頭說不知道，也有人露出了詫異的表情。隨著路近的視線轉移，所有宮烏的視線都落在最後一個人身上。

「北四條家家主和滿，你的臉色很難看啊！」

雪哉聽到這個名字，忍不住倒吸了一口氣。因為他好像聽過這個名字。

「你真傻！」路近說話的聲音簡直像在唱歌。「無謂的掙扎只會讓自己丟臉，既然被叫來這裡，你就該據實以告，說出一切。」

「我聽不懂你在說什麼。」那個男人用緊張的聲音回答。

雪哉看到那人的臉，頓時瞪大了眼睛。他是北四條家的家主和滿，正是促成雪哉來中央的和麿的父親。

「你竟然做出這種好事。」路近突然用可怕的聲音說道，然後站了起來。「我說了好幾次，嚴禁輕舉妄動。你犯下了目前所能想到的最糟糕的失敗，導致目前的狀況很不樂觀。」

「聽說皇太子的手下正在找這些金幣的主人，遲早會查到你的名字。如果最後查到長束親王的身上，你要怎麼負起責任？」

路近邁著悠然的步伐走向和滿，用更加平靜的語氣瞇眼問道。

「路、路近，你說話要注意語氣。雖然你是南橘家的人，但也不能這樣血口噴人。」

「你是傻瓜嗎？似乎還沒有搞清楚自己的狀況。」

路近看到眼前的男人還想狡辯，無奈地嘆了一口氣，接著以迅雷不及掩耳的速度猛然踢向和滿。和滿的身體被他用力一踢，立刻飛了出去，滿撞到了牆壁，連雪哉靠著的柱子也跟著搖晃起來。

和滿哇哇大叫著在地上打滾，路近走上前，毫不留情地踩住他的胸口。

「你的所做所為已經傳入了那一位的耳中，你就趕快承認吧？這些金幣對北家的人來說，不是『特別的東西』嗎？如果是北家旗下的其他家族，應該不會用這些金幣。但你家不一樣，聽說你手頭很緊，還向商人的里烏借了錢，周轉不靈，債台高築。」

所以才會動用原本不該用的吉祥物。

路近說話的聲音完全沒有感情，和滿的臉色越來越差。

「我再問一次，如果你有什麼話要解釋就趕快說！」

「我、我是為了那一位才會做這件事！雖然最後失敗了，若一旦成功，你也會拍手叫好！」和滿一口氣為自己辯解道：「你根本沒有資格指責我！」

「你果然腦筋不清楚。」

路近徹底感到無奈地垂下肩膀，仍然踩著和滿的胸口，彎下了身體，一把抓住了和滿的腦袋。

「你說反了。正因為結果失敗了，我才會找你算帳！既然要動手，就非成功不可。」路近不屑地笑了笑，「如果可以拿下皇太子的性命，那就是壯舉，會對你讚不絕口。但是，現在一切都失敗了。你不僅違反命令，還扯了我們的後腿，造成了這樣慘不忍睹的結果。」

額頭被抓住的和滿發出了慘叫聲，但路近的手用力擠壓著，幾乎要把他的頭骨擠碎出聲音，讓他不得不閉了嘴。

「我們才不要被你這種人拖下水。如果你真心為那一位著想，就趁連累眾人之前——死得乾脆一點！」

和滿的頭骨漸漸發出了奇怪的聲音，他大聲尖叫著，不顧一切地掙扎起來。但是路近一動也不動，漠然地低頭看著和滿。

室內的其他宮烏也完全沒有人要出手相助。面對路近的粗暴行為，有人皺眉，有人害怕，也有人對和滿露出了不屑或是同情的表情，但所有人都坐著不動。

雪哉有一種不祥的感覺，心跳加速，覺得和滿可能真的會被路近折磨致死。

「住手！」不知道哪裡傳來一個尖叫的制止聲。

「路近，你在幹什麼？」

一個年輕的宮烏從包廂外衝進來，一把推開了路近。

這名年輕宮烏的長相雖然無法和皇太子相提並論，眼角的痣看起來很性感，但他現在毫不在意自己的外表，臉色很蒼白。

雪哉曾經看過這個男人，他在紫宸殿時，就坐在長束的下座，是長束的親信之一，記得皇太子叫他敦房。

「在吵什麼？」

另一個比路近有過之而無不及的低沉悅耳的聲音響起，周圍的人都同時緊張起來。一個男人邁著悠然的步伐，跟在發出尖叫的年輕人身後走進了包廂。

那個高大的男人用深綠色的頭巾遮住了臉，他一踏進包廂，現場的氛圍頓時變得緩和，所有人都安靜下來。

「親王，你怎麼會來這裡？」

路近瞪大了眼睛，立刻鬆開了和滿，整理好上座的座位，讓給那個男人。

男人毫不猶豫地坐了下來，拿下了頭巾，露出了臉。他一頭整齊的黑髮從綠色的頭巾下露了出來，那張威風凜凜的臉，是雪哉很熟悉的八咫烏。

「長束親王，我完全不知道您也會來這裡。」

這個男人聽到路近的話，露出了嚴肅表情。他就是在新年時，曾經對雪哉露出笑容的長束親王——皇太子殿下的親哥哥。

「敦房叫我無論如何都要過來看看，所以我就來了。你們到底在吵什麼？」

這個令人神往的男人和現場的氣氛格格不入。然而，即使在長束嚴厲的眼神注視下，路近的態度也完全沒有改變。

「就是之前曾經向您提過的事，我正在懲罰輕舉妄動的人。」

路近毫無懼色地回答，獨自照顧著和滿的敦房向他投以銳利的眼神。

「開什麼玩笑！你擅自動粗哪裡是懲罰？這根本只是動用私刑而已！而且你有什麼權限做這種事？」敦房憤然地說出誰都不敢說的抗議。「必須由長束親王做裁決。路近，請你不要搞不清楚狀況，你只是長束親王的護衛，無法代替長束親王行使權力。」

路近聽了，從喉嚨深處發出了嘲笑聲。

「敦房，到底是誰搞不清楚狀況？我只是處理了長束親王無法處理的事。你搞不清楚自己的職務，把長束親王帶來此地才大有問題。長束親王！」路近說完，炯炯雙眼看向自己的主子繼續說道：「雖然敦房說我在動私刑，但既然這件事無法張揚，就只能以私刑處罰。可以將這裡交給我處理嗎？」

長束默默思考良久，終於表示了同意：「好。」

「長東親王？」敦房難以置信地叫了起來。

長東無視敦房補充道：「但是，你必須對因此引發的事端負起全責。」

「我原本就有此打算。」

路近對明理的主子笑了笑，再度回到和滿身旁。而敦房在長東的注視下，遲疑了片刻，最後離開了和滿身旁。

「啊啊啊啊，長東親王、長東親王。」和滿看到敦房也走回了長東身旁，似乎產生了危機感，頓時渾身發抖，哀求著主公。「我這都是、我這都是為親王著想。」

「和滿，這次的事是你一個人策劃的嗎？」路近平靜地問道。

和滿沒有回答他的問題，不時瞥向長東所在的上座。

「回答我！」路近在說話的同時，甩了和滿一個耳光。

和滿的牙齒被打落，鮮血四濺在榻榻米上，他哭著一口氣說道：「沒錯，沒錯！因為我覺得只要消滅皇太子，長東親王就可以成為下一個金烏。我這是為長東親王的將來著想。」

路近冷眼看著他，冷酷地把他踢開。

「你以為只要暗殺皇太子成功，就可以抵銷你所做的一切嗎？」

和滿嘴裡流著血，聽到這句話，立刻嚇得停止哭泣。

「你以為我不知道嗎？你發現用自己的名字借不到金子，竟然冒用長束親王的名字。」

「這是……但是、我……」和滿感受到和剛才不同的恐懼，臉上失去了血色。

長束無言地嘆了一口氣，緩緩搖了搖頭。

和滿發現後，「啊啊啊啊」地尖叫起來，完全不像是男人的聲音。

「不是這樣！我完全沒這個意思！」

「我一開始就說了好幾次，如果有什麼需要解釋就趕快說。」路近注視著和滿，伸出了左手，原本站在路近身旁的手下立刻遞上了一把差不多有一個人高的大太刀。「事到如今，無論再說什麼都為時太晚了。」

「敦房，敦房，救命！」

「無論長束親王還是我都曾經說過，目前是養精蓄銳的時期。你擅自妄為的事，卻推卸到長束親王的頭上，簡直太可惡了。」路近好像在自言自語般小聲嘀咕著，追著滿地爬的和滿。「你無法貫徹主人的命令，簡直比狗還不如！」

路近把刀鞘丟在地上，銀色刀鋒在紙燈的燈光下閃爍著。

「我什麼都願意做，我可以做任何事，請你高抬貴手，求求你。」

「路近，刀下留人！」

「誰來救救我！」

「你這個狗雜種！」

路近不理會敦房的制止，和滿的尖叫聲也叫到一半就停止了。

大太刀的寬闊刀刃從和滿的側腰一口氣砍向肩膀，他的身體立刻被劈成了兩半。被砍落的上半身不知道什麼緣故，竟然飛向了雪哉躲藏的牆壁。

雪哉隔著縫隙，和已經失去靈魂的眼球在空中對上了眼，他竟然沒有叫出聲音，簡直就像奇蹟。

突然又聽到啪哩一聲，有什麼東西撞到了雪哉偷窺的縫隙另一側。短暫的黑暗後，帶著水氣的東西滑落在榻榻米上，隔壁的燈光再度滲到雪哉所在的房間內。和剛才不同的是，周圍充滿了令人噁心的鐵鏽味。

雪哉雖然很不想再湊到縫隙前偷窺，但還是克制著幾乎讓胸口發痛的劇烈心跳，基於義務感，硬是逼迫自己繼續偷窺隔壁的包廂。

大包廂內簡直就像是地獄。和滿身體噴出的血繼續將包廂染成紅色，被濺到血的宮烏們，有人尖叫，也有人一動也不動。在引起一片不小騷動的包廂內，只有長束和敦房所在的上座沒有濺到血。

長束一臉嚴肅的表情閉上了眼睛，敦房臉色發白，用袖子捂著嘴。路近被噴得滿身是血，即使全身都滴著血，仍然面不改色地站在原地。

他掃視了呈現恐慌狀態的宮烏，用沙啞的聲音厲聲喝斥道：「夠了，你們這些狗雜種給我聽好。你們以後還敢輕舉妄動，我不會制止，如果能夠在長束親王不知情的情況下奪走皇太子的性命，那就是萬萬歲，但是，」

路近完全睜開了雙眼，露出了像獠牙般的牙齒。

「你們要做好心理準備，一旦失敗，就會重蹈這個男人的覆轍。」路近露出了猙獰的笑容繼續說道：「我就是長束親王的劍。只要有人違反長束親王的意志，不管有多少人，我不會放過任何一個人。你們給我記清楚了！」

其他宮烏飛也似的離開了包廂，只剩下長束、敦房和路近，以及他的手下，還有一牆之隔的雪哉。

「你竟然這麼殘忍……」敦房茫然地跪在在血泊前。

「若不這麼做，我就失去當護衛的意義。今天的事足以遏止有人企圖背叛。」路近冷笑著說。

「太荒唐了，怎麼可以用暴力支配？在遏止有人背叛之前，這也許會讓原本想要追隨長束親王的盟友產生猶豫。」

「如果因為這種事就產生猶豫，這種盟友不要也罷。」

敦房聽了這句話，猛然抬起視線，抓住了路近的胸口。

「你知道我至今為止，為了拉攏盟友花了多少心血嗎？考慮到以後的事，說服北家是最優先的。」敦房一口氣說道：「為了拉攏北家，長束親王也一次又一次親自造訪北領。我們之前付出的努力都白費了！和滿是北家旗下第一個積極支持長束親王的盟友啊！」

「成為盟友的他反而扯長束親王的後腿，這就失去了意義。我們不能因為一個無能的雜兵，就讓所有人都遭遇危險。」

「我們並不是你的士兵！」

「都一樣。」路近一臉嚴肅地對敦房說：「這種血腥的事都交給我處理，不需要弄髒長束親王的手，所以你只要走在乾淨的路上就好。」

「……你這是看不起我嗎？」

「無論如何，腐爛的根必須斬除，否則，腐毒就會蔓延到整體。」

「你為什麼只考慮到眼前的事？」敦房發出宛如悲鳴般的怒吼，秀麗的臉龐因為懊惱扭成了一團，悲痛地說：「和滿的確很愚蠢，我也承認這件事。但在日後和北家的宮烏交涉時，他絕對可以發揮橋樑作用，我努力至今的計畫全都被你毀了！」

路近用鼻子哼了一聲，推開了敦房抓住自己衣襟的雙手。

「我不知道他能夠發揮多少橋樑作用，更何況他的兒子不是因為闖了禍，引起了北家家主的不滿嗎？」

雪哉聽到和自己有切身關係的話題，忍不住悄悄吞著口水。

「即使這樣，」敦房用力搖頭，瞪著路近說：「那件事只是小事。比起那件事，如果北家知道你殺了和滿，絕對會視我們為敵。無論如何，根本沒必要無謂流血。」

敦房說完，低下了頭。路近無奈地看了他一眼，誇張地聳了聳肩。

「你太在意這種小事情了，反正只要長束親王能夠成為金烏就好。在此之前，遏止盟友輕舉妄動不正是參謀的使命嗎？」

「我絞盡腦汁思考如何避免流血，難道要我為你造成的流血擦屁股嗎？」

「你的想法太天真了？」

「你的想法太嚴苛了。」

「……你們雙方的意見我都瞭解了。」

始終沉默的長束看到護衛和親信針鋒相對，終於開了口。

「首先，你先去處理一下這身衣服。」長束看著路近說道。

路近這才終於低頭看著自己被鮮血濕透的衣服，小聲地嘀咕：「恕我失禮。」

「等你換好了衣服，你們一起到我宅邸來。」

「您不回朝廷嗎？」

「我宅邸離這裡最近，不是嗎？」

雖然長束制止了兩個人的爭論，但似乎並不打算敷衍了事。

「對於今後的方針，我們的意見必須一致，今天在得出結論之前，誰都別想回去。」

「遵命。」

「正合我意。」

路近行了一禮，帶著自己的手下離開包廂準備去換衣服。留在包廂內的長束突然站了起來，走向茫然注視著躺在房間角落和滿屍體的敦房，把手放在他的肩上。

「敦房，現在要忍耐。」

「長束親王……」敦房聽了長束的話，突然哭著說：「和滿有妻子、孩子，真不知道該怎麼告訴他們……至少要包一筆慰問金。雖然和滿做事太輕率了，但實在太悲慘了。」

敦房低頭看著自己的雙手，他的手上滿是剛才抓住路近時沾到的鮮血。

「要忍耐。」長束很有耐心地重複了相同的話。

「路近的做法的確太激進了，但並不是完全沒有道理。不妨認為他承擔了所有骯髒的事，要咬牙忍耐。」長束看著敦房的雙眼說道：「這裡就交給路近處理吧！」

敦房一時說不出話，最後很不甘願地點了點頭。

「這就是昨晚發生的所有狀況。」

皇太子和澄尾聽完之後，皺起眉頭陷入了沉默。

「這樣啊！原來是北四條家的和滿自作主張。看來背後沒有北家支持，暫時該說是……好消息。」

皇太子低聲嘀咕著，但雪哉抬頭提出了疑問。

「……即使您聽到長束親王也在場，也似乎不感到驚訝？」

「這是早就知道的事。」

皇太子用完全沒有流露內心感情的聲音說道，這讓雪哉無言地注視著他。

皇太子突然抬起頭，用好像愛操心的母親般的眼神看著雪哉問：「你沒問題嗎？」

「有什麼問題？」

「你的氣色很差。」

雪哉知道澄尾會這麼說，是擔心自己，但還是裝糊塗地嘀咕道：「因為昨晚才看到那麼可怕的事，而且剛才還在谷間聽人使喚，氣色怎麼可能好得起來。」

他親眼目睹了和滿悽慘的死狀，所以一夜完全無法闔眼。

雪哉感受到另外兩個人仍然對他露出關心的眼神，便一臉正色說：「雖然我有很多想法，但我只是做了自己該做的事，以後也會繼續這麼做。因為我人生的座右銘是『**可以反省，但絕不後悔**』。」

雖然他的心情沒有像自己說的那麼輕鬆，但並非都是逞強。

澄尾沒有再說什麼，只是用力摸著他的頭說。

「雪哉，我想問你一件事。」

「什麼事？」雪哉看著皇太子，發現皇太子仍然皺著眉頭。

「你在谷間期間，有沒有看到之前把人腦袋射穿的射箭手？」

「沒有。」

「和滿的家人中也沒有這個人嗎？」

「我連護衛也都確認了，但仍然沒有發現。」

這就奇怪了。澄尾露出凝重的表情。

「我也透過其他途徑調查了，但北四條家可能參與這次暗殺行動的人，昨晚都與和滿在一起。」

如果射箭手不是北家的人，就可能是谷間內專門代人行凶的人。無論是哪一種情況，雪哉在谷間生活了一個多月，照理說應該會見到。

「因為我被那些店家使喚，去了很多地方。殿下，該不會是你請店家這麼做？」

「是啊！在那種地方，只要花錢，什麼事都可以搞定。」

雪哉並不只是單純在那裡工作，他隱約察覺到那是皇太子把他送去谷間的最大理由，所以很仔細觀察谷間的人，試圖找到射箭手。

「但是，殿下，既然這樣，你該事先告訴我啊！」起初他真的以為自己被賣了。

「喔，對不起！」皇太子心不在焉地回答後，低吟了一聲說：「果真如此的話，就代表即使和滿支付了報酬找人殺我，可能另外還有其他人參與這件事。」

皇太子認為應該有其他人事先給那些流氓服毒，而且射穿了那個準備招供男人腦袋。因為和滿不可能有那麼周詳的盤算，如果是他計畫了整件事，未免對這種事太熟練了。

「所以路近才向他確認，有沒有其他人參與嗎？雖然他在招供之前就被殺了，但據我所知，他並不是那麼有膽量的人。」

澄尾和皇太子都陷入了沉思。

「對了，路近和敦房那兩個人是誰？」

雪哉舉起手問道，他覺得這兩個人和其他宮烏不同，與長束之間的關係似乎很密切。

「路近是很優秀的武人，擔任長束的護衛。」

澄尾聽了皇太子的話，露出了不悅的表情。

「他的確很厲害，至於是否優秀就不得而知了。總之，他這個人做事很過分，在勁草院也很有名。」

「有名？」

「對。他把和他比武的教官打得半死，還把入侵勁草院的小偷給打死了，留下了很多驚人的事跡。」

「……但都只是傳聞吧？」

雪哉在說話時，想起了昨晚瘋狂的那一幕，就覺得那些傳聞應該八九不離十。

「不知道。」澄尾也皺起了眉頭，「雖然不知道有幾分真實，但至少我不喜歡那個人。如果可以，也不想和他交鋒。」

普通人的確不可能用一把太刀把一個男人的身體劈成兩半，他的腕力相當驚人。

雪哉臉上的表情似乎透露出內心的想法，澄尾急忙否認說：「不是你想的那樣。我有言在先，我討厭他並不是因為他很強，而是他這個人很奇怪，難以溝通，所以才討厭他。」

「難以溝通？」雪哉昨晚經歷了很可怕的事，隱約瞭解澄尾想要表達的意思。

「路近以前叫『南橘的路近』。在南家旗下的宮烏中，他來自家世很好的家庭，但他沒有使用『蔭位制』，而是自己加入了勁草院。」

〈蔭位制〉是指後代能根據祖父或父親的官位，半自動決定孫子或兒子官位的制度。幾乎所有的宮烏都靠〈蔭位制〉進入宮中。喜榮也藉由這個制度，年紀輕輕就在宮中有相當高的地位。一旦利用這種制度，即使什麼都不做，也可以當上高官。

然而，路近特地進入勁草院，而且還以榜首的成績畢業。

「他沒有加入山內眾，而是成為長束親王的私人護衛。雖然我不願意承認，但他的確是所謂的天才，所以很多手下都崇拜他。在缺乏團結的山內眾內，他的信徒也可以形成一大勢力。只是我很討厭他。」

澄尾特地補充道，但似乎也在某種程度上承認路近的影響力。

「那敦房呢？」

「他也是南家旗下的宮烏，但他並非來自像南橘家那麼有勢力的家庭，所以一路走來應該吃了不少苦。」

「我記得他是南家家主太太的娘家？」

「對，雖然血統不差，但並不是擅長政治的家族，而是因為女兒嫁給了南家家主，才終於建立的弱小貴族。目前正室只生了一個女兒，所以想靠血緣關係升官似乎有點困難。那個家族目前只有敦房一個人很優秀，可以說，他的努力將關係到家族的命運。」

雪哉想起昨天晚上敦房有點敵不過路近的情況，忍不住嘆著氣，終於瞭解情況了。

「原來如此，還有這些內情。」

正在思考接下來該怎麼辦的皇太子沉默片刻後，抬起了頭說：

「雪哉，你知道很快就是端午節了嗎？」

「當然知道。」

端午節是宮中的大節日，會連續兩天慶祝。

第一天，金烏會率領宮烏，展開名為〈狩藥〉的狩獵，但金烏並不是親自去狩獵。

〈典藥寮〉飼育的可以成為藥膳的動物之中，有一種叫九色鹿，每年端午節時，金烏就會親自割下鹿角，作為珍貴的靈藥。為此進行的一系列儀式，便稱作為〈狩藥〉，同時也會獵鹿。

第二天的儀式，就是將狩獵時的收穫，像是鹿茸和鹿肉供獻給山寺，送給在宮中服侍男人的宮女。

皇太子第一天會去狩獵場實際獵鹿，第二天要將鹿肉送到他未來新娘等待的櫻花宮。

「第二天，你和我一起前往櫻花宮。」

「要去櫻花宮嗎？」

「沒錯，因為搞不好有機會讓你大顯身手。」皇太子拍了拍雪哉的肩膀，「我很感謝你這次的行動，下次也要好好努力，近臣。」

「殿下，我會盡力發揮作用。」

第四章　櫻花宮

隔天早晨，皇太子要求雪哉穿羽衣前往。當他來到招陽宮入口時，發現皇太子身旁站了一個八咫烏。

那是一個年輕人，雖然五官沒有特別端正，但有一雙溫柔、深情的眼睛。看他的樣子不像武人，但身材壯碩，並沒有軟弱的印象。

雪哉一看到對方的臉，忍不住倒吸了一口氣

「殿下，這位是？為什麼來這裡？」雪哉充滿警戒地問道。

那個男人臉上也出現了一絲緊張，但皇太子滿不在乎地輕輕拍了拍男人的肩膀。

「他是在勁草院打雜的一巳，今天要和我們一起去櫻花宮。」

「您說他在勁草院打雜，是騙人的吧？」雪哉說完，瞇起眼睛瞪著一巳。「你是曾經在北家本宅做事的傭人吧！」

雪哉去北家時，曾經多次看過這個男人在修剪庭院的樹木。

那個年輕人聽了雪哉的問話，露出誇張的驚訝表情，神色也緊張起來。

「不好意思……」請問你是哪一位？年輕人還來不及問……

「不必擔心，他是我的近臣，發誓會效忠我，所以不會做違反我意志的事，更不會向北家的家主告密。」皇太子開朗地笑了起來，然後回頭看著滿臉狐疑的雪哉，輕輕點了點頭說：「雪哉，不必擔心，我已經知道他來自北領。」

皇太子表明瞭解這件事，但還是把這個年輕人叫來這裡。

「……這樣啊！」

之前才發現北家旗下的宮烏試圖對皇太子不利，這麼做會不會太大意了。雖然雪哉有點擔心，但既然皇太子已經知道那個人來自北領，顯然有什麼盤算。

雪哉告訴那個男人，自己是垂冰鄉長的次子，目前是皇太子的近臣。

一巳一臉嚴肅地向他鞠躬保證，「正如你所知，我之前是北家的園丁，目前真心誠意為皇太子效力。請你叫我的名字一巳就好。」

皇太子指著始終保持低姿態的一巳，轉頭看向雪哉說：「你可以相信一巳，他常駐守在勁草院，之後和我分頭行動時，會以一巳為中心蒐集了各種消息。」

山內眾原本應該保護皇太子，但目前的山內眾有敵有我，而一巳在勁草院內負責與比較值得信賴的山內眾聯絡的工作。

「我瞭解了，以後請多指教。」

「是，我將捨身為皇太子效勞。」

雖然一巳說話的語氣很恭敬，但他表情平靜的臉略顯繃緊，似乎有什麼難言之隱。而溫柔看著他的皇太子身上，也散發出不平靜的感覺。

「您在打什麼主意？」

「哪有打什麼主意？我們要去櫻花宮啊！」

皇太子一如往常，說出了答非所問的回答。

皇太子雖然說要去櫻花宮，但沒有看到飛車，而且也一身黑色羽衣的裝束。雪哉這時已經知道，皇太子根本不打算按照慣例，去櫻花宮參加儀式。

「一旦飛就會被山內眾發現，所以除非有很緊急的狀況，否則不能變成鳥形。」

皇太子說在這裡說太多話也無濟於事，於是說完便率先邁開了步伐。

雪哉慌了神，因為他發現他們正前往招陽宮外，相當於朝廷外側的山中。他提議至少應該找澄尾同行，但皇太子似乎毫不在意。

「我不是說了沒事嗎？我的弓劍都比普通人厲害，簡單地說，就是我很厲害。」

皇太子誇下海口。

「那之前為什麼讓澄尾去和敵人對戰？」

雪哉露出懷疑的表情抬頭看著皇太子。

「那是因為在道場不會輸給任何人，但在真刀真槍時贏不了啊！」

皇太子一臉嚴肅地說。

「那不是沒有意義嗎？」

「至少可以最低限度保護自己。」皇太子看到雪哉垂著嘴角，面無表情地拍著胸脯說：

「你相信我，真的不必擔心，因為今天不會有刺客。」

「您怎麼知道？」

「因為我是金烏啊！」

雪哉聽到皇太子理所當然地說這句話，忍不住陷入了沉默。

這種情況並不是第一次發生，皇太子不時會用「因為我是金烏」轉移話題，表現出一副好像洞悉一切的態度。如果不瞭解皇太子，或許會被他唬住，只不過雪哉已經知道他只是普通的八咫烏，雖然很聰明，但很會使喚人，當然也沒有所謂的千里眼。

有一種隱約的預感——

「殿下。」

「什麼事？」

皇太子完全沒有絲毫緊張，悠然地走在前面。雪哉內心的預感變成了確信。

「您的消息來源是長束派的某個人吧？」

皇太子聽了，猛然停下腳步，回頭看著他問：「你為什麼會這麼覺得？」

皇太子沒有否認，讓雪哉產生了勇氣，他搖了搖頭說：「不，我只是覺得如果不是這樣，您不可能知道許多難以解釋的事。」

從谷間發生的事研判，雪哉不可能剛好撞見長束派的聚會，皇太子一定知道長束派都在那裡聚會，才會把雪哉送去谷間。

皇太子聽了雪哉的回答，斜眼看了他一下，再度邁開了步伐。

「原來是這樣，你的推理很合理。」
皇太子果然沒有否認。
「是誰？」雪哉小跑步追上皇太子問道。
「你想知道嗎？」皇太子露出了高興的表情。
雪哉閉上了嘴，在思考之後，想到了很不妙的未來。
「……我覺得一旦知道了，恐怕會毀了一年的約定。」
「嗯，是啊！因為這是我們陣營最大的秘密。如果你願意一直當我的近臣，我可以馬上告訴你。」
「那就不用告訴我了。」雪哉不讓皇太子繼續開口，語氣堅定地說：「千萬不要告訴我，我的工作只是打雜而已。」
雪哉慌忙和皇太子之間拉開了距離。
「真是太遺憾了。」皇太子垂頭喪氣地說。
「但是在那個陣營的臥底，值得信任嗎？」
雪哉對自己三個人感到很不安，如果那個臥底倒向敵人，豈不是危在旦夕。

然而，皇太子斷言說，不必擔心這個問題。

「光就可以信任這一點來說，沒有比他更能夠交付生命的人了。」

那個值得信賴的臥底，會把長束派的消息定期傳達給皇太子。

「既然這樣，你應該可以推測出之前誰想暗殺你？」雪哉忍不住皺起了眉頭。

「原本是這樣，但北四條家出手也出乎他的意料。長束派內的確有人想要取我的性命，只是還不瞭解整體的勢力圖。」

臥底似乎也不知道想要暗殺皇太子的人的身分。

「但是根據他提供的情報，以及你帶來的有關長束派聚會的狀況研判，今天應該不會遭到襲擊，而且路近也再三叮嚀他們不要輕舉妄動。」

皇太子看到雪哉一臉懷疑的表情，輕輕笑了起來。

目前正是初夏季節。

雖然是欣賞嫩葉的季節，但走在山上時，長出嫩芽的草木會讓山路變得很不好走。

皇太子推開草叢走在前面，為了避免個子矮小的雪哉被草叢淹沒，經常必須由一巳背著他走路。他們飛越懸崖，沿河而下，走過瀑布後方，雪哉和一巳已經大汗淋漓。輕鬆走過很多難關的皇太子完全沒有流一滴汗，沿途沒有任何記號，但皇太子的腳步毫不猶豫。

皇太子顯然熟門熟路，讓雪哉感到害怕。但正因為如此，他們三個人幾乎沒有被刮傷，就順利抵達了目的地。經過幾次休息，花了半天時間的強行軍效率很高。

「差不多快到了，接下來不要發出聲音。」

皇太子來到一個看起來像是懸崖上方的地方，突然放慢了速度。懸崖下方吹來的風輕撫著冒著汗的額頭，帶來一絲涼意。

在皇太子的指示下向下一看，發現那裡是開放式建築物的屋頂，還有許多鮮豔的鮮花。開放式建築物似乎是一個涼台，從那裡傳來了女人高雅的說話聲，和彈琴等樂器聲，其周圍鋪著圓碎石，流著從附近瀑布引來的水。

為今天這個日子栽種的花菖蒲，在圓碎石上爭奇鬥豔。滋潤的花瓣在陽光下閃閃發亮，濃烈的深藍色比任何寶石更鮮豔。其他還有令人眩目的白色、淡紫色、淡藍色，以及像黃昏時分的天空般的紫色等各種不同顏色的花菖蒲綻放。

雪哉吞下了感嘆聲，緩緩把臉從懸崖收了回來。

「好漂亮。」

「是啊！雖然今天不是來看花的，但我也同意很漂亮。」皇太子一臉嚴肅地說。

身旁的一巳仍然探出身體向下張望。

「小心會掉下去。」皇太子看不過去，抓著一巳的後領把他拉了回來。

「但是殿下……」一巳滿臉迫不及待。

「你不必這麼擔心，我們去下面更容易看的位置，你再仔細看清楚。」

皇太子說完，確認了懸崖上長的樹木後，便輕輕跳了下去。

一巳和雪哉都嚇了一跳，瞪大眼睛看著主君的去向。但皇太子輕鬆地跳到岩石上，躲在懸崖上向外生長的松樹後方，並在懸崖的側面靈巧地移動。

雪哉看到皇太子幾乎沒有發出聲音，就來到一棵比較大的樹木後方，忍不住大吃一驚。

「簡直像猴子。」

和雪哉一起看著皇太子行動的一巳也跟著同意了。

「雖然我覺得不能用猴子來形容，但有時候會感到很不可思議，時常疑惑著他真的是皇太子嗎？」

「喔，我能夠理解。我不是有時候而已，是整天都覺得他這個人本身是一場玩笑。」

一巳聽了雪哉的俏皮話笑了笑，說了聲：「那我先走一步。」也沿著皇太子剛才走過的路往下去，雖然動作無法像皇太子那麼精彩。

看著也一巳輕鬆地一路往下，雪哉陷入了思考——因為之前被皇太子賣到谷間，所以現在必須更加謹慎。

在下面建築物內，都是想要成為皇太子妃的高貴公主。而櫻花宮禁止男人進入，姑且不論皇太子，自己和一巳完全是違法入侵，萬一被發現，是否該從最容易逃走的地方逃走？他默默思考著。

這時，皇太子從樹木中探出頭，嘴巴一張一闔。

『如、果、你、不、敢、也、沒、關、係、我、並、不、期、待。』

雪哉解讀出他在說什麼的瞬間，立刻跳離了懸崖，用比一巳更完美的動作跳到了樹後，對皇太子露出了燦爛的笑容。

「即使您對我沒有期待，我也無所謂，但既然您都那麼說了，我當然不可能不來。」

為了避免被公主聽到，把音量壓到最低的呢喃聲說道。

「我知道只要那麼說，你就會過來。」皇太子很乾脆地點了點頭說。

這傢伙太可惡了！雪哉忍不住捂住了臉。算了，既來之則安之。

他調整了心情，從樹梢之間往下瞄了一眼，發現看到的角度和剛才大不相同，可以清楚瞧見涼台的情況。

屋簷下掛著香包，五顏六色的繩子在風中飄動。香包後方是美麗公主和她們的宮女，身上的繽紛衣裳令鮮花也黯然。

最前方的是耳上插了一支淡紅色芍藥花，天真爛漫的可愛公主。一頭淡茶色的秀髮微微鬈起，有一雙明亮的炯炯雙眼，是令人印象深刻的美少女。嫩葉色的和服外，是一件和芍藥花相同顏色的上衣。雖然雪哉對女人的衣服不太瞭解，但也知道這身衣服很適合她。她天真無邪地和衣著樸素的宮女聊天的樣子，也可愛得讓人百看不厭。

「那是東家的公主。」

那名美少女楚楚可憐的樣子，甚至令雪哉產生了悸動。

「你不要發呆，仔細看清楚那些女官的臉。」皇太子冷靜泰然地說道。

「看那些女官的臉？」

「有些人在衣服下面不是穿著羽衣嗎？尤其要多注意，她們是〈藤宮連〉，是皇后手下保護櫻花宮和後宮的人。」

在朝廷內目前成為當今陛下親信的落女松韻，以前也是藤宮連的成員。

「你要特別仔細看清楚她們的臉，記住她們的臉不會有壞處。」

「你帶我來這裡，就是為了這個目的嗎？」

「這也是目的之一，另一個目的是……」

皇太子的話還沒說完，下方的公主們便有了動靜，於是他們暫時停止了聊天，將視線集中於下方。

兩名公主正在爭論著，從柱子後方現身。其中一名少女看起來比東家的公主成熟許多，與其說是美少女，更像是散發出妖豔美色的女人，而且不是普通美女，是可稱為絕世美女的佳麗。

她穿著由白到綠，顏色漸漸變化的好幾件衣服，最外面穿了一件富有光澤的深紅色上衣。她的衣裳比所有人更加豪華，也比任何人更漂亮，但似乎有些心浮氣躁，像小孩子一般發著脾氣和她整個人婀娜之姿很不相稱，也讓人覺得有點滑稽。她心煩意亂撥動的黑髮微微起伏，在陽光下變成淡淡的紅色。

「她是西家的公主，西家家主之前就認定我會挑選這個公主當自己的妻子。西家的人不知該說好還是壞，反正都很天真。雖然出了許多優秀的官吏，腦袋應該也不笨，但總是有過度的自信……此外，西家的人很矜持，卻容易得意忘形，這也讓其他三家會有點看不起他們。」

雪哉聽著皇太子說的話，覺得比看那些差勁的書更有收穫。

不一會兒，和西家公主發生口角的另一名公主也出現了。

「那是南家的公主。」皇太子用力瞇起眼睛，用嚴肅的語氣說。

雪哉用力探出身體，把南家公主和她身後宮女的樣子深深烙在腦海中。

南家公主的衣著比東家公主和西家公主樸素，她一頭黑髮盤起的樣子，看起來不像深閨的公主，更像是凜然的年輕武者。以女人來說，她的個子很高，但身上的衣服很單薄，可以看到她的柳腰和很有女性特徵的曲線，深茶色的衣服上披了一件看似剛羽化的蟬翅般透明的薄紗。她很有自信地駕馭了這身大膽的衣裳，和西家的公主相反，充滿自然的從容。

「她是敦房的表妹嗎？」雪哉覺得她和敦房長得並不像，忍不住嘀咕。

「並不是。」皇太子否認，看著下方說道：「她雖然是南家的公主，但其實是目前南家家主的姪女。幾年前，家主收養了她。」

「但南家家主不是也有女兒嗎？」雪哉小聲地反問。

「對，名叫撫子，正值妙齡的獨生女。」

既然有女兒，為什麼……？雪哉暗忖著，轉頭看向皇太子。

「……南家家主似乎很不想讓女兒嫁給我。想到她代替了家主的女兒進宮，就覺得她很可憐。」

皇太子難得露出了複雜的表情，注視著下方小聲地嘀咕，語氣顯得事不關己。雪哉搞不清楚他到底在想什麼？

「但怎麼沒看到關鍵的公主？」

皇太子在說這句話時，恢復了銳利的眼神，看著建築物內。皇太子身旁的一巳完全沒有看那三名公主，一臉焦急地在尋找什麼。聽皇太子的口氣，他們應該在找北家的公主。

為什麼北家的公主是「關鍵」？雪哉正想問，就在這時，聽到皇太子輕輕叫了一聲。

「嗯，來了！就是那位吧！」

雪哉順著皇太子的視線望去，看到建築物的後方有人走了過來。

出現在眼前的，是比其他三名公主更嬌小、纖細得好像會被折斷的公主。她和其他幾位公主一樣，都是讓人神魂顛倒的美少女。若說東家的公主有像陽光般的開朗，這位公主具有像冬日早晨薄薄降落的霜一樣的夢幻。

也許是因為她穿著繡著銀絲的淡藍色衣裳，即使在目前的季節，也覺得她整個人就像是雪的結晶一樣。她白皙的皮膚晶瑩剔透，充分襯托了一頭筆直的黑髮，像黑珍珠般的眼睛很大，在白嫩的臉龐中顯得格外滋潤和鮮明。

「白珠。」一巳情不自禁地叫了一聲，而且聲音並不小。

「喂，你幹什麼？」

雪哉慌忙用雙手捂住了一巳的嘴，但一巳拼命掙扎，專注地想要看清楚公主的身影。

雪哉在北領的時後，曾經多次聽過白珠這個名字。沒錯，那就是讓喜榮也很掛心的北家珍藏的公主。雪哉之前在新年拜年時隔著簾子向她打過招呼，但今天是第一次親眼目睹她的容貌。

來到這種地方，而且親熱地直接叫公主名字的這個男人，到底和白珠有什麼關係？雪哉正在思考這個問題，不小心放鬆了原本抓住一巳身體的手，一巳不小心踩斷了大樹的樹枝。

啪卡。樹枝發出了很大的聲響。

「咦？」

「啊？」

「喔喔。」

闖禍了。雪哉還來不及多想，就看到最靠近這裡的東家人，滿臉驚訝地抬起了頭。

「誰在那裡？」看起來有點年紀的女官厲聲問道。

這次真的被發現了。

「殿下！」

現在輪到你出面了，趕快來處理一下……。雪哉的話還沒有說完，只說到「**現在**」的「**現**」這個字時，看到皇太子的舉動，立刻閉了嘴。

一切都發生在轉眼之間——

皇太子從懷裡拿出細長形的小盒子，不由分說地塞在雪哉手裡，然後雙手放在雪哉的肩上，露出那個可疑的笑容。

「在救兵趕到之前盡量逃，然後把這個交給櫻花宮的主人。」

「啊？」

「櫻花宮的主人藤波宮是我皇妹，應該不會有什麼嚴重的後果。祝你好運！」

皇太子像連珠砲一樣囑咐著，但雪哉聽不懂他說的意思。

「原諒我。」雪哉在聽到這句話的同時，肩膀感到一陣衝擊。

皇太子的身影漸漸遠離……不，是自己漸漸遠離了面帶笑容的皇太子和臉色鐵青的一巳，他們仍然站在原地，一步也沒有移動。這一瞬間他發現，自己是被皇太子推下了山崖，再下一剎那，他緊握著盒子，尖叫著從山崖墜落下去。

原來是這樣。今天帶我來的另一個目的，就是萬一被人發現時找我當替死鬼！雪哉在墜落時暗忖著，然後在變成烏形的同時下定了決心：**管他是不是大不敬，如果我活著回去，一定要打爛他那張不正經的笑臉。**

雪哉整個人掉進了美麗的花菖蒲中，他感覺到花被他壓壞了。翅膀前端拍到水，濺起了水沫，幾根羽毛掉落，在空中飛舞。但因為他在情急之下變身，而且拍動翅膀，所以並沒有跌得很重。

好險，撿回了一命。他才正要鬆了一口氣，宛如撕開絹綢的女人尖叫聲，就震破了他的鼓膜。

「來人啊！快來人啊！」

聽到保護自家公主的宮女叫聲，四處響起了回應的聲音。

「有惡徒！」

「趕快叫〈山內眾〉！」

雪哉看到那些殺氣騰騰地包圍自己的女人們，終於感受自己身處危險之中。

藤宮連飛撲過來，雪哉扭著身體想掙脫，連滾帶爬地站直了起來，踩在露出水面的石頭上，終於飛了起來。

「別讓他逃走！」

他聽到背後傳來怒吼聲，以及藤宮連接連變成了鳥形的聲音。

雪哉的眼角掃到公主和宮女驚慌失措的樣子，用全身的力氣飛過了建築物的屋頂。

他感覺到藤宮連追了上來，在快被藤宮連的嘴碰到之前，他就改變了方向。有一、兩隻烏鴉來不及緊急轉向，直飛過他的眼前。但他還來不及喘息，後面又有三隻撞了上來，他條件反射地折起翅膀，讓身體墜落，逃向正下方。

雪哉躲過向自己展開猛烈攻擊的尖嘴和爪子，九死一生地想要逃離櫻花宮，但蜂擁而至的五名追兵個個精通武藝。照此下去，無論如何都會被逮到。

正當他感到束手無策時，他在漸漸逼近的大烏鴉後方，看到一隻鳥影從遠處向這裡飛來。他瞥到那隻鳥影的爪子拿著的東西時，立刻知道來者是誰。

沒錯，是澄尾！雪哉帶著哭聲呱呱叫了一聲求助，然後想設法往澄尾靠近，但他不該這麼做的。

旋轉下降的烏鴉正準備逃走，藤宮連終於抓住了他。

雪哉的身體被好幾個爪子抓住，他發出了慘叫聲，尖銳的爪子刺進他的肉裡，他覺得那幾個藤宮連想把他大解八塊。

就在他覺得完蛋時，澄尾慌忙上前向藤宮連出示，證明是皇太子手下的銀色懸帶。藤宮連驚訝地低頭看著雪哉，他努力表示自己沒有敵意。藤宮連看到小烏鴉完全沒有抵抗，發出了可憐的叫聲後互看了一眼，稍微放鬆了爪子。

由於在空中維持鳥形無法交談，所以雪哉被帶向櫻花宮的方向。澄尾似乎打算繞到外面，從櫻花宮正門進入，因此雪哉獨自被帶進了原本禁止男人進入的女人天地。

還來不及感受臉紅心跳或是酸酸甜甜的滋味，就很希望自己現在能立即昏倒。因為周圍的女人都一臉可怕的表情，在這些充滿憎惡和蔑視的眼神包圍下，雪哉只能全身發抖。

而且雪哉以鳥形被帶到涼台，在藤宮連向那些公主說明情況時，他的頭是被壓在水裡。雖然他可以聽到她們說話的聲音，但他根本顧不了那些，因為嘴被壓在水裡，完全無法呼吸。

這樣下去會死，我真的會沒命。當他感到自己的性命面臨危機時，聽到一個聲音。

「先放開他，不然他就沒命了。」

雪哉覺得那個嘆著氣的說話聲，簡直就像仙女般動聽。

「……既然夏殿公主開了金口，那就放了他。但如果他敢輕舉妄動，就馬上抓住他。」

按住雪哉身體的手鬆開了，他猛然從水中抬起了頭，抖了一下羽毛，總算調整了呼吸。

他發現救自己一命的「夏殿公主」似乎就是南家的公主，立刻變身鞠了一躬。

「夏殿公主，感恩不盡。」

他正想接著感謝夏殿公主救了自己一命，臉上就被用力甩了一巴掌，同時聽到一個怒吼聲。

「你這個蠢貨！」

這個用盡全力的巴掌打得很紮實。雪哉的臉頰感受到強大的衝擊，噴出口水，整張臉再度沉入水中。

打雪哉的那個女人在藤宮連中也有點年紀，她怒不可遏，輕蔑的眼神刺進了雪哉的心。

「你在高貴的公主面前露出鳥形，而且還在她們面前變身，簡直寡廉鮮恥。」

在江湖上走跳，可沒辦法維持這麼高雅的規矩！雪哉很想這麼反駁，但還是拼命忍住，乖乖地跪地磕頭。

雪哉在那些女人冷漠的眼神注視下，被拖進櫻花宮內一個鋪著木頭地板的房間內，發現澄尾已經畢恭畢敬地跪在那裡。

「澄尾。」

「雪哉，真是災難啊！」澄尾把臉湊過來說。

聽澄尾說話的語氣，似乎打算偽裝成不可抗力度過眼前的難關。

原來皇太子交給他的書信盒內，裝了皇太子為自己臨時無法來參加儀式寫的道歉信。皇太子派近侍來送信，但因為平時不習慣飛，所以還沒有飛到大門就掉了下來。

雪哉在聽澄尾說話時，得知大紫皇后已經來到垂簾內的上座。而櫻花宮的主人，也就是皇太子的妹妹也幾乎同時入座。

「這麼離譜的藉口行得通嗎？不會遭到懷疑？」雪哉把臉湊向澄尾，滿腹狐疑地嘀咕。

「你放心，在這裡絕對行得通。」澄尾自信滿滿地打包票。

結果澄尾真的說對了！

「沒想到她們真的會相信……」雪哉回頭看著剛離開的建築物，茫然地小聲說道。

「這是怎麼回事？她們從來沒有變成鳥形的經驗嗎？」

「可怕的是，這就是四家公主，但追趕你的那些藤宮連應該知道這是謊話。」

他們正在櫻花宮大門外專門用來停車的寬敞舞台上。原本雪哉戰戰兢兢，不知道會被追究什麼責任，沒想到事情朝向意想不到的方向發展。

對那些公主來說，比起雪哉擅自闖入櫻花宮這件事，得知皇太子今天不來的消息更重要。當她們看了書信盒裡的信之後，很快就失去了熱情，對雪哉也失去了興趣，然後就把他放走了。

「也難怪她們會失望。」

澄尾露出了一絲同情的表情，回頭看著櫻花宮，那片繡了櫻花和赤烏的漂亮簾幕被風吹了起來。

「因為皇太子至今從未來過櫻花宮。」

那些公主以為皇太子今天一定會來，結果這份期待又落了空，她們當然會感到失望。

「我第一次聽說這件事，皇太子從來沒去過櫻花宮嗎？」雪哉眨了眨眼睛。

皇太子之前在御前會議上說了那些話，讓雪哉以為自己在谷間期間，皇太子早就去見過公主了。雖然無法將花柳街和櫻花宮相提並論，但這些公主登殿已經三個月了，這麼一想，就覺得那些苦苦等不到皇太子的公主很可憐。

「但他有他的難處，所以也是無可奈何的事。」

澄尾還想說什麼，但看向雪哉的背後，立刻做出了警戒的姿勢。雪哉也跟著轉過頭，看到女官正向他們走來，雪哉不禁吞著口水。

輕輕披在身上的樸素外衣下是漆黑的羽衣，原來是大紫皇后的手下藤宮連。

「還有什麼事嗎？」澄尾向前一步，擋在雪哉面前問。

「不，澄尾，你可以回去了。」女人冷冷地回答。

「……我可以回去了？這是什麼意思？雪哉呢？」

「大紫皇后召見皇太子殿下的近侍。」

「請等一下，剛才不是已經說，不追究這件事的責任嗎？到底還有什麼事？」

澄尾感到困惑，視線飄忽了一下，語氣嚴肅地問道，但那個女人並沒有太大的反應。

「我不知道，大紫皇后只是命令我把近侍的少年帶去。」

「那我也一起去。」

「不行，這裡不是成年男子可以進入的地方。來，請跟我走。」

女人不由分說地催促著雪哉。

雪哉用眼神向澄尾求助，澄尾雖然著急，卻也無能為力。

「……我可以在這裡等他嗎？」澄尾使出苦肉計問。

「沒問題。」女人回答說。

澄尾露出一絲猶豫後，向雪哉輕輕點了點頭。

雪哉咬著嘴唇，下定決心。回想起來，自己曾經被當成賭博的抵押品賣給賭場，也曾經被一群像女鬼一樣的女人質問，不可能還有更可怕的事了。

「好，那我去。」

雪哉跟著女人沿著剛才走過的路走了回去，來到了櫻花宮深處。

櫻花宮是和後宮相仿的宮殿。在山崖側面懸空而建的建築物，是尚未入主後宮的四家公主居住的地方，但從櫻花宮進入山內，情況就不一樣了。

他們來到位於櫻花宮中心的建築物走了半晌，當他發現白色的牆壁在不知不覺中變成了岩石牆壁時，他內心敲響了警鐘——鑿山壁而建的空間，是宗家的領域。

具體來說，雪哉知道自己走進了後宮。雖然尚未成年，但還是覺得進入後宮似乎不太妥當。正當他開始這麼想時，已經走完了狹窄的通道，來到了寬敞的空間。他發現那裡的空氣陰涼清澈，抬起頭的瞬間，頓時大吃一驚，建築物內竟然有瀑布。

乍看之下，這裡像是朝庭大廳的縮小版。

周圍紅色欄杆的通道包圍了山壁，瀑布的水流很豐沛，低頭看向水流落下的下方，發現那裡是河流。也許是因為周圍都是岩壁的關係，所以光線有點昏暗，只有向外側敞開的瀑布水源處照進來的光線，讓瀑布看起來很夢幻。帶了一抹黃色的日光中，苔蘚和長在岩壁上的綠色樹木看起來更鮮豔。山中自然的瀑布和八咫烏建造的、人工感很強的紅色欄杆感覺很不協調，但又相得益彰。

「你是皇太子的近臣嗎？」雪哉看著周圍出了神，聽到突然有人問他，嚇了一跳。

「這位是皇后陛下。」藤宮連用嚴肅的聲音靜靜說道。

「恕臣失禮。」雪哉慌忙雙手伏地磕頭，他的眼角瞄到深紫色的衣服擺動。

「無妨，是本宮突然找你。把頭抬起來。」大紫皇后用慵懶的聲音命令道。

正當雪哉不知道該不該抬頭，突然聞到一股陌生的香氣，一把檜木扇子抵住他的下巴，硬是把他的頭抬了起來。

「你是不是叫雪哉？」

被迫抬起頭的雪哉，終於看到了至今為止見過的眾多八咫烏中最難以捉摸的女人。她絕對不難看，但也沒有像吳樂或櫻花宮的公主們那般美貌。雪哉的母親和以前在垂冰見過的女人，都充滿了旺盛的生命力。

然而，在眼前這個女人身上感受不到這一點。她的雙眼混濁黯淡，讓人不敢大意。她就是長束親王的母親，如果皇太子沒有說錯，她是宮中最討厭皇太子的女人。

雪哉感受到她黏膩的視線，後背流下了冷汗。

「是，沒錯。」他像往常一樣，用不帶緊張的聲音回答。

她沒有任何反應，用比皇太子更沒有表情的臉打量著雪哉，移開了扇子，緩緩伸直了原本彎下的身體。

「本宮非常擔心皇太子的身體。」大紫皇后突然用平靜的聲音這麼說，讓雪哉忍不住眨著眼睛。「因為他目前沒有任何後盾，雖然覺得他很可憐，但因為身分的關係，無法為他做任何事。本宮已經很久沒見到他了，皇太子是否安好？」

「是，皇太子很平安。」雪哉用力點著頭說道。

他好得不得了，今天還翻山越嶺，走路來這裡。他在心裡補充道。

「真的嗎？」大紫皇后並沒有露出欣喜的表情。「那就好。皇太子有沒有說，櫻花宮的哪一位公主不錯？」

「這我就不知道了，因為皇太子很少聊櫻花宮的事。」

「那最近有沒有官人和皇太子交情很好？」

「官人嗎？應該沒有，至少我不知道。」

大紫皇后的表情沒有變化，但站在她身旁的藤宮連微微皺起了眉頭。

「那皇太子平時都做些什麼？」

「我主要的工作是給盆栽澆水，所以不太清楚。」雪哉故意露出很沒出息的表情，讓自己看起來很無辜。「對不起，我完全幫不上忙。還是大紫皇后要不要寫信呢？如果只是轉交給皇太子殿下，我可以做到。」

直接問皇太子比較快，也更確實。他假裝天真無邪地表達了這個意思。

藤宮連僵在那裡，大紫皇后沉默片刻，突然改變了話題。

「聽說你是地家出生？」

雪哉內心產生了警戒，瞪大了眼睛。

「大紫皇后明察，我的確來自地家。」雪哉點頭回答。

大紫皇后沒有附和，繼續說道：「聽說是我嫡子向北家家主說情，你才來到中央。說起來，長束有恩於你，不是嗎？」

最後的這句「不是嗎？」並不是確認，而是斷定。

「是啊！也許可以這麼說。」雪哉緩緩地眨了眨眼睛。

「既然這樣，如果有什麼狀況發生時，你可要幫我嫡子。」

「我隨時都這麼做，我不會違抗宗家的所有人。」

雪哉很有精神地回應，皇后第一次瞇起了眼睛。

「皇太子殿下很愛玩，本宮認為，如果他願意，也可以讓位。」

雖然因為父母的自私，被迫繼承了日嗣皇太子的地位。皇太子應該最清楚，按照目前的情況，如果缺乏周圍人的協助，根本不可能順利治理山內。到時候，必然會由長束掌握山內的主權。

「你瞭解本宮的意思嗎？」

雪哉聽了大紫皇后說的話後，張大了嘴巴。

「對不起，好像很難懂，可以請大紫皇后再說一次嗎？」
一陣令人難以忍受的沉默。
「……皇太子應該也不想即位吧？」
「不，我完全不瞭解皇太子的想法。」
雪哉充分意識到，自己目前臉上的表情，就是父親所說的「很想痛打你一頓的臉」。
「那你有沒有想要什麼？無論官位或是寶物都可以。」大紫皇后又改變了話題。
「想要的東西嗎？我想一想。」
雪哉假裝自己在沉思，偷偷觀察著大紫皇后和藤宮連。姑且不論皇后，那名女官看起來非常浮躁。
「我很久沒有回家了，很想喝我母親煮的蕈菇湯。」
原本把頭轉到一旁的藤宮連聽了忍不住看著雪哉。
「……沒有其他了嗎？」大紫皇后沉默片刻後，無力地問道。
好，這是最後一擊！
「嗯，最近想要金柑，而且是加糖煮乾燥後，灑上砂糖的金柑。」

大紫皇后露出了訝異的表情。

「你喜歡金柑嗎？」

「不，其實也不是喜歡。因為味道很濃，其實我不太喜歡，但奇怪的是沒辦法討厭，而且最喜歡別人丟給我。」

大紫皇后沉默不語，雪哉露出燦爛的笑容，氣氛變得有點緊張。

這時，又有一個藤宮連從皇后背後的通道走過來。

「大紫皇后。」

「什麼事？」

大紫皇后聽了藤宮連在她耳邊小聲說的話，瞥了雪哉一眼。

「皇太子說，你還沒有澆完水，特地派人來要求你趕快回去。」

「啊，真的嗎？那我可以回去了嗎？」

大紫皇后聽了他的問題，好像突然失去了興趣，背對著他說：「那就退下吧！」

「恕臣告退。」

雪哉跟著一臉不悅的藤宮連，回到了櫻花宮的舞台。

「雪哉！」澄尾確認藤宮連離開後，立刻跑了過來，皺著眉頭問道：「你沒事吧？我和殿下聯絡了一下，有沒有發揮作用？」

「澄尾大人，謝謝你，幫了很大的忙。」雪哉用力點頭說。

雖然對方沒有察覺，但他剛才看到時，以為自己的心臟快破裂了。

「怎麼回事？你怎麼了？」澄尾發現雪哉一臉興奮，納悶地問。

「射箭手，我找到射箭手了。」

你找到了射箭手？在哪裡？澄尾正準備這麼問，立刻用力吸了一口氣。

「喂？該不會……」

「沒錯，我見過那個為皇太子傳話的女人，就是藤宮連，那個射箭手是女人。我終於知道了，為什麼第二次我只是瞥了一眼，就知道是同一個人……因為體型的關係。對男人來說，那樣的體型太瘦小了。」

因為射箭手穿了像男人一樣的羽衣，所以當時沒有馬上看出來。

雪哉正在皇太子的起居室。

澄尾和一巳一起去了勁草院，目前只有雪哉和皇太子兩個人。

雪哉像往常一樣，吃著皇太子丟給他的金柑，口沫橫飛地說明了射箭手的身分。

皇太子聽了之後，沒有絲毫的懷疑，拍著大腿說道：「果然是這樣。雪哉，幹得好！原本只是抱有希望，沒想到這麼順利。知道藤宮連參與暗殺行動，就是巨大的收穫。」

「謝謝殿下誇獎，但我說了好幾次，這種事最好先告訴我。」

雪哉看著主子欣喜的樣子，面帶笑容，用低沉的聲音說。無論是上次賭博時把自己賣了，還是這一次，雪哉不知道有多少次想把眼前這個男人剁成肉醬。

「至少該向我說明一下情況。」雪哉抱怨道。

皇太子連聲說著：「對不起，對不起！」但聽到這種有口無心的道歉，反而更火大了。

「這哪是一句對不起就可以解決的事！您把我害慘了，不僅被藤宮連追殺，大紫皇后也很可怕。」

「啊，對了，一巳說要我向你轉達『很抱歉』。」

「比起一巳，我更希望您好好反省。」

皇太子一臉並沒有感到太大歉意的表情，聽著雪哉的抱怨，突然露出了嚴肅的表情。

「雪哉，我想到了。如果以後皇后再找你去，記得不要在皇后的起居室停留太久。」

「為什麼？」

「你有沒有聞到她的香氣？」

雪哉聽了，想起大紫皇后的扇子上有他從來沒有嗅聞過的香氣。

「那種甜甜的香氣嗎？」

「對，你等一下。」

皇太子轉過身，在櫃子裡窸窸窣窣翻找起來，搜出一個如手掌般大的香盒。打開蓋子一看，裡面有約如小拇指大小的練香。用鼻子湊近一聞，發現正是比蜜更甘甜的那種香氣。

「這種香名叫『伽亂』，是只能在南領採集到的珍貴薰香。」

原來只有南家的人，和得到南家進貢的宗家人能夠使用伽亂。

「如果只使用少量，就只是頂級的薰香。當成藥的話，就會有點棘手。雖然可以成為止痛和安眠的藥物，若是大量使用的話，會導致意識模糊，甚至可能永遠昏睡不醒。」

「原來是這麼可怕的東西？」雪哉大吃一驚，立刻遠離練香。

「這只是少量，所以沒問題。」皇太子蓋上了香盒的蓋子。

「大紫皇后在各種場合都很愛用這種薰香，曾經有好幾次，我在她房間說完話想要站起來，結果手和腳都感覺麻麻的。雖然我努力想要增加耐性，但能夠張羅到的量太少了。」

由於無法張羅到足夠的量，皇太子叮嚀雪哉也要多提防。雪哉臉色蒼白地點了點頭。

皇太子嘆了一口氣，露出傷神的表情揉著太陽穴。

「既然藤宮連都出手了，就意謂著是和滿與大紫皇后聯手試圖暗殺我。當然也可能是和滿被皇后唆使，在利用完之後就馬上切割。」

雪哉仔細玩味著皇太子的話，然後歪著頭問：「如果是這樣，不是很奇怪嗎？感覺長束親王和大紫皇后之間好像意見不合。」

和滿在支持長束的皇后唆使下試圖暗殺皇太子，最後死在長束的手下路近之手。這件事到底代表了什麼意義？

「皇兄和大紫皇后之間的確出現了不一致。」皇太子小心謹慎地開了口，突然看著雪哉問：「大紫皇后有沒有提到皇兄的事？」

「大紫皇后說，如果您讓位，長束親王就可以成為下一任金烏。我想她應該想說，將來坐上金烏寶座的並不是您，而是長束親王。」

「還有沒有說什麼？」

「並沒有聊其他關於長束親王的事，但一開始就問我，您打算迎娶哪一位公主。」

「並不是只有大紫皇后來探聽這件事。」

「是嗎？」

「對啊！」

每一家都一樣，所以不需要過度敏感。

「今天和我們一起去櫻花宮的一巳，原本也是北家家主派來的間諜，似乎想來調查我打算迎娶哪一位公主進入皇宮。」

雪哉聽到皇太子若無其事地說出這句話，把喝到一半的水噴了出來，用力地咳嗽起來。

「那為什麼還要讓他加入我們？」

除了一巳，還有北四條家的和滿，最近北家似乎很活躍。雖然雪哉也來自北家，但他感覺有點毛毛的。

「真的可以相信他嗎？」

「你不必擔心。因為他說只要為了白珠，願意做任何事。」皇太子淡淡地斷言道。

「這次也以讓他看到白珠為條件，要他把北家內部的情況全都告訴了我。嗯，來得早不如來得巧。」

聽皇太子這麼說，簡直就把一巳當成了方便利用的工具。

雖然是自己問皇太子，北家是否可以信任，但他發現皇太子似乎把白珠也視為交易的工具，忍不住垂下了嘴角。

「殿下，這也未免太……」

噹。雪哉的話還沒說完，大門的銅鑼響了起來。看向窗外，天色已經暗了下來，兩個人忍不住互看著。

「這麼晚了，還有訪客嗎？」

「真難得啊！」

他們正這麼說著，剛才在招陽宮周圍巡邏的澄尾臉色大變地衝了進來。

「喂，有意想不到的客人上門。」

「意想不到的客人？」

「是敦房，沒想到偏偏是長束親王最信任的親信上門。」

「你說敦房嗎？」

「真的嗎？」

皇太子和雪哉都一起瞪大了眼睛。

「對，而且赤手空拳，他說，無論如何都想和皇太子殿下直接談一談。」

「殿下，您打算怎麼處理？」

「為了謹慎起見，我在周圍巡視了一下，完全沒有看到其他人。他蒙著臉，說希望在被人發現之前讓他進來，我猜想他應該一個人。就由您判斷該如何處理。」

澄尾說完，便就住了嘴。兩名屬下默默地注視著皇太子。

皇太子在他們的注視下，用力點了點頭說：「讓他進來吧！」

「恕我毫無預警地不請自來，很抱歉。」

敦房為了掩飾身分，穿著低階官員官服的淺藍色袍子，他在說話的同時鞠了一躬。也許是因為緊張，他英俊的臉上沒有血色，看起來有點憔悴，即使如此，仍然散發出一種像即將凋零的白色百合花般的魅力，讓人感到不可思議。

雪哉看著面對面坐著的兩個年輕人，覺得好像在鑑賞藝術品。皇太子具備了像冷冽月光般非典型八咫烏的俊美；敦房則是活生生的美型八咫烏，雖然目前顯得有點憔悴，但不難看出他原本是風采俊秀的年輕人。

「無需客套。你不惜這麼做，也要和我談的是什麼事？」

皇太子立刻切入了正題，敦房對他的直截了當露出了滿意的笑容。

「那我就直話直說了。我知道目前有人想要暗殺殿下，而且也知道朝廷對此視而不見，我會設法解決這件事。」

他提出了意想不到的建議。原本在一旁警戒的澄尾，忍不住露出驚訝的表情轉頭看著敦房，雪哉也感到很訝異。只有皇太子仍然一臉嚴肅的表情，示意他繼續說下去。

「非常感謝你的心意。但你應該不只是想要保護我，到底有什麼目的？」

即使面對皇太子的質問，敦房也絲毫沒有怯色。

「我只有一事相求。當殿下即位時，希望您可以保護長束親王。」

皇太子聽到這個意想不到的要求，也露出了意外的表情。

「……保護皇兄？我嗎？」

「是的。照目前的情況，長束親王的生命會有危險，」敦房痛切地說道：「或許您們已經知道，仰慕、追隨長束親王的人，目前分成了兩個派系。」

其中一派，就是以敦房為首的「穩健派」，這些人純粹只是仰慕長束的人品，對目前的狀況感到滿足。

另一派是以路近為中心的「激進派」，他們對長束目前位居皇太子之下感到不滿，覺得只要為了長束，甚至可以用強硬的手段。

「之前襲擊您的是『激進派』中輕率的傢伙。路近雖然現在很安分，但早晚會集結勢力對您下毒手，讓長束親王成為金烏。路近之所以目前沒有採取行動，是在等待您的風評變差，朝廷內有更多擁護長束親王的聲音。他認為目前只要按兵不動，『阿斗皇太子』很快會自掘墳墓。」

雖然皇太子本人若無其事地聽著，但始終沉默的澄尾漸漸皺起了眉頭。雪哉聽了這些，心裡當然很不舒服，但更難以相信大剌剌說出陣營內部狀況的敦房。

敦房似乎已經下定了決心，所以始終保持鎮定的態度。

「但是，我認為路近的想法不會成功。」

皇太子聽聞用眼神發問。

「……因為您並不是阿斗。即使再怎麼等待，對您的風評只會上升，不可能下降。」敦房的臉上露出一絲苦澀的灰心表情，突然他低下了頭，輕笑著說：「因為我心裡很清楚……說起來很丟臉，我也曾經一度希望長束親王可以成為金烏，以為只要拉攏朝廷內的宮烏，就可以輕易實現這件事。」

長束很優秀，而且血統也是正統的宗家男兒。長束成為金烏，應該會是個出色的君主，原本也以為這是正道。

「可惜一切都是白費工夫。」敦房無力地笑了笑，抬起了頭，「我很驚訝，即使在表面上嘲笑殿下的宮烏，當我去詢問他們願不願意支持長束親王，也都始終沒有反應。於是我知道，在私下支持殿下的人比我想像中更多。雖然我不知道殿下是基於什麼想法假裝被人討厭，但我相信您已經順利完成了疏通工作。」

雪哉驚訝地回頭看著主人，皇太子仍然面無表情。

「未必如你所想的。我倒覺得朝廷的高官正在觀望，目前還無法判斷支持我還是皇兄對自己更有利。」

皇太子淡淡地回答，讓人無法猜透他的心思。

「即使是這樣，如果他們認為皇太子是阿斗，一定會毫不猶豫支持長束親王，」敦房主張道，「所以我相信殿下和他們之間絕對有什麼讓他們產生了猶豫。」

皇太子露出了苦笑，敦房露出了咄咄逼人的銳利眼神。

「我再次重申，我認為殿下不可能是阿斗。所以我放棄了，即使繼續抱著無法實現的夢，也只會把長束親王逼入絕境。」

敦房說，**最重要的是，長束親王並不希望取代皇太子成為金烏，所以他發現繼續堅持下去，只是滿足自己的私慾。**

「然而，路近搞不懂這些事，如果繼續認為殿下是『阿斗』加以輕視，用盡各種手段讓長束親王即位，所引起的災禍恐怕會波及長束親王。長束親王是一個優秀的人，最希望山內的平安，完全沒有想要取代殿下。但照目前的情況發展下去，即使並非長束親王的本意，他也可能會成為謀反的幫凶，我想要努力避免這種情況發生。」

「所以你希望我保護皇兄嗎？」

皇太子瞭解了他的意思小聲問道，敦房明確地點了點頭。

「以後如果那些激進派有什麼可疑的動靜，我會通知您，我會派屬下蒐集證據。只要殿下開口，我願意做任何事，所以請無論如何都要相信長束親王的清白。」

敦房深深地低頭請求。皇太子低頭看著敦房的後腦勺，摸著自己的下巴陷入了沉思。

「我瞭解你的意思了。但這不是可以輕易接受的問題，而且我打算根據你日後的行動再決定。你覺得如何？」

敦房抬起頭，緩緩露出了笑容。

「萬分感謝，現在這樣就足夠了。」

「那就馬上拜託你一件事。」

「只要是我力所能及的事，儘管吩咐。」

「我希望由你安排我和南家家主見面。」

澄尾倒吸了一口氣，雪哉也忍不住抬起了頭，但皇太子臉上的表情很平靜。

「我從來不曾有機會和南家家主推心置腹地談話，雖然曾經多次試探，但他似乎討厭我，所以我至今搞不懂他在上次的會議上說不反對我即位的真正意圖。如果可以的話，我希望在我皇兄不在場的情況下，和他一對一談話。你應該可以搞定這件事吧？」

南家的家主是敦房的姨丈，始終神情嚴肅地聽皇太子說話的敦房，皺起了眉頭。

「殿下，非常抱歉，一對一可能有點困難，因為南家家主並不是很喜歡我。」

「喔喔，」皇太子聽了敦房的話，點了點頭領悟地說：「你不希望他知道我和你之間有交情。」

「……慚愧之至。」

「沒關係，你也有你的難處，那我來想一想，」皇太子看著半空沉思後說道：「要不要由我寫信給南家家主呢？那位老兄應該會顧左右而言他，所以我會發揮耐心，連續寫兩個月的信給他。」

在南家家主無法繼續無視時，剛好是七夕，而七夕的時候，四家都會在各自的朝宅舉辦盛宴。

「然後由你向南家家主建議，邀請我參加宴會。」

「七夕嗎？」敦房目瞪口呆，欲言又止，「但……但七夕的時候，櫻花宮不是有重要的儀式嗎？」

「正因為有那個儀式，所以你可以用這個當理由。」

皇太子說到這裡，敦房和在一旁聽他們說話的雪哉，也瞭解了皇太子想要表達的意思。

山內的宮廷內，每逢七夕晚會時，就會舉行女人送衣服給男人的儀式。櫻花宮的四名公主會為皇太子準備了極其奢華的衣裳。由皇太子挑選出哪一位公主的衣裳，對日後入宮的事產生很大的影響。皇太子之前缺席的那些節日還算情有可原，但七夕與之前那些節日不同，如果皇太子缺席，這個儀式根本無法成立。

皇太子在要舉行那個儀式的同時受到南家的邀請，皇太子根本無法前往。換句話說，如果並非真心誠意邀請，最適合用**「可以在七夕見面」**這個邀請。

「如此一來，即使我之後一再提出要求，南家家主可以聲稱已經盡了最低限度的禮儀。你可以用這種方式說服南家家主，怎麼樣？你有辦法做到嗎？」

「按照您說的方式，應該沒問題。感謝皇太子費心，接下來就交給我來處理。」

敦房說完，深深鞠了一躬。

「在向南家家主進言之前，我會努力瞭解激進派的動向。之後可能會有點狀況，在殿下判斷自己安全之前，請繼續像之前一樣，多注意周遭的情況。」

「我瞭解。」

「請再稍微忍耐一下，保重自己的身體，希望您在之後能夠逐漸瞭解我的真心誠意。」

皇太子似乎很讚賞敦房充滿理智的態度。

「如果我請你不要跟著我皇兄，而是來跟隨我，你會怎麼回答？」

敦房聽到皇太子拐彎抹角的邀約瞪大了眼睛，然後露出了很有特色的笑容。當他露出笑容時，疲憊的感覺似乎都被消除了，好像稍微變年輕了些。

「有如此榮幸，我當然很高興，但也僅此而已。即使殿下將成為賢君，我的主公只有長束親王。想當初我家毫無實力，漸漸衰退，是長束親王安排我進入宮中。」

敦房在說話時，臉上帶著一絲自嘲，卻充滿了活力，也許這才是他真正的樣子。

「如今，我能夠和殿下在這裡交涉，也是因為十多年前，長束親王提攜了我。」

敦房突然露出了平靜的眼神看向遠方，好像在自言自語。

「……我在朝廷漸漸有了實力之後，曾經有許多官員希望我能夠跟隨他們。但只有長束親王對當初還是一個落魄貴族的小孩說，可以讓我讀書學習，所以，」敦房笑著說：「如果您想要我跟隨您，請在十年前對我說這句話。」

他的意思就是免談。皇太子輕易遭到了拒絕，反而欣賞他的痛快。

「人不可貌相，沒想到你這麼激進。」

「長束親王也經常這麼說。」敦房也跟著苦笑了起來。「但現在由我這個原本脾氣暴躁的人在踩煞車，實在太過奇怪。如果沒有路近，我早就失控了，只不過我的失控和路近不同，不會造成流血，因為我不會讓同為八咫烏的血白流。」

皇太子聽了敦房的話，說他完全有同感，然後就向他道別。

「雖然不需要我特別點明，你應該也知道，但還是請你務必要小心。」

雪哉送敦房到門口時，提心吊膽地提醒。假設路近得知敦房和皇太子之間的交易，絕對不會放過他。

「咦？你在為我擔心嗎？」敦房調皮地笑了起來，「看來你也是好人。但是不必擔心，我對長束親王的忠誠沒有絲毫的虛偽。」

他似乎想要說，**別人沒有理由懷疑他，而且也有自信可以瞞過路近**。

「最重要的是，如果要打頭腦戰，我可以獲得壓倒性勝利。」敦房說到這裡，忍不住罵了一句：「真是的！那個傢伙對長東親王的忠誠心也沒有絲毫的虛假，只是太短視近利。如果他更深謀遠慮，就不會變得這麼棘手，我無法欣賞那種只會憑本能採取行動的人。」

敦房生氣時的樣子比平靜時看起來很有活力，雪哉忍不住笑了起來。

「看來我的擔心是多餘的。對不起，我太多嘴了。」

「不，謝謝你的關心，未來金烏陛下的近臣。」

聽到敦房用這種新的方式稱呼他，雪哉不知道該如何回答。

看著陷入猶豫的雪哉，敦房露出好像守護小孩子般的眼神看著他。

「雖然我以前也曾經夢想可以成為未來金烏陛下的近臣，但現在決定讓給你。原本覺得現在終於可以回報長東親王了，但對我來說，長東親王的性命更重要。」

我並不會一直是皇太子的近臣。雪哉無法這麼不解風情地更正這件事。

「那我就告辭了。」敦房帶著平靜的笑容離開。

敦房走過石橋，朝向朝廷的方向，雪哉默默目送他的背影離去。

過了一會兒，當雪哉回到房間時，發現皇太子和澄尾正在談敦房的事。

「敦房說的大部分內部狀況應該屬實。」

「敦房的確很擔心長東的生命安全，但我認為還不宜完全信任他。」

「我知道。」

「您的意思是，最好不要相信敦房大人嗎？」

雪哉走到他們身旁問道，皇太子點了點頭。

「即使他說的話大致屬實，也可能基於他的立場，巧妙地避開談及某些事，而且他也完全沒有提到最想暗殺我的大紫皇后。」

「考慮到他的處境，這也是無可奈何的事，也許他有某些想法。」

「總而言之，只要能夠在七夕晚會時順利見面，就算是收穫。」

敦房願意為皇太子做事當然是一件好事，只要我們不放鬆警戒，就不會造成任何不利。

最後他們決定，要像之前一樣持續保持警戒，靜觀其變。

第五章　七夕

終於到了七夕這一天。

這兩個月來，皇太子雖然寫了很多信給南家家主，但不出所料，南家家主的回信都很冷淡。照理說，南家家主早就該邀請皇太子參加七夕宴，但至今仍然沒有消息。

難道敦房說服南家家主失敗了嗎？雪哉擔心得坐立難安。

最後，直到儀式當天，仍舊沒有接到任何聯絡。

皇太子在招陽宮的自己房間內，穿上參加儀式的簡樸長衣後，仍然在等待南家的信。

「事到如今，也許南家的邀請已經無望了。」

「不，現在還不知道。」皇太子看著西家送來的信，冷冷地回答。

這兩個月來，翹首盼望著南家的來信，卻反而一直收到西家送來的信，而且一次又一次重複有關七夕的相關內容，讓雪哉和皇太子都感到很厭煩。

「那現在該怎麼辦？如果南家沒有邀請，您就要去參加櫻花宮的儀式吧？您要選擇西家公主的衣服嗎？」

「不，我不會選任何人的衣服，而且也不想去櫻花宮。」

「啊？」雪哉忍不住發出驚訝的聲音。

皇太子沒有察覺雪哉眉頭深鎖，向他說明了理由。

「因為南家的使者很可能看準時機才會現身，所以我會假裝出發前往櫻花宮。但是如果完全沒有人上門，我會等到最後一刻才上飛車。」

皇太子說完，輕輕嘆了一口氣，抬起原本看信的雙眼。

「西家家主太可惡，三令五申地要我非選西家公主的衣裳。這已經是第六封了。」

「這也不能怪他，因為這關係到他可愛女兒的婚事。他應該做夢也不會想到，您竟然連七夕的儀式也不參加。」

雪哉一把搶過皇太子遞給他的信，邊收進書信盒，邊話中帶刺地說完，把頭轉到一旁。

「你在生什麼氣？」皇太子對雪哉的語氣感到不解，納悶地探頭看著雪哉的臉。

聽到皇太子問他有什麼不滿，雪哉更加不悅。

「當然就是櫻花宮的事啊。」他瞪著皇太子說。

皇太子聽了他的回答，「喔」了一聲，「每次都讓你代我受過，很對不起你。」

雪哉並不是想聽皇太子道歉，毫不掩飾臉上的不滿

「這件事倒是沒關係。」他冷冷地搖了搖頭說。

「沒關係嗎？」

「不，也不是沒有關係，只是我覺得這也是無可奈何的事。但我想要說的並不是這件事……」雪哉看著皇太子的眼睛，「殿下，那幾位公主自從進入櫻花宮後，您不是從來都沒去過嗎？」

原來是這件事。皇太子的眼中閃過一絲苦澀。

「因為您遲遲不現身，所以她們就更加期待您的出現。端午節的時候，當她們得知殿下不會去，個個都很失望。沒想到您沒有特別的原因，就連七夕的儀式也要缺席？您到底在想什麼？」

雪哉會用這種責備的語氣說話，也是情有可原。

「你到底站在哪一邊？」皇太子苦笑著移開了視線。

「……那幾位公主都很失望。」

「是嗎？」

「您竟然還問我『是嗎？』難道除此以外，您就沒有其他感想了嗎？」

端午節的時候，雪哉親眼目睹了那幾位公主原本充滿期待，一聽到皇太子不會現身後快哭出來的表情。她們沒有任何過錯，卻無緣無故地遭到皇太子的冷落，甚至成為利用的工具，雪哉覺得她們未免太可憐了。

進入櫻花宮的公主為了能夠成為皇太子的妻子，從小接受了教育，在登殿之前，都得承受了相當大的壓力。

尤其想到北領對白珠的期待，就對皇太子至今不曾露臉的不負責任，以及只把白珠當成是政治角力的工具感到義憤填膺。雖然雪哉和白珠素不相識，但白珠終究是和他有一點關係的公主。

「對您來說，她們只是眾多女子中的四個人而已，但她們眼中只有您。您為什麼不去櫻花宮看看她們呢？」

雖然雪哉對皇太子堅決拒絕去櫻花宮的態度感到難以理解，但也知道他面臨的狀況比自己想像的更加複雜。如果事出有因，他想要瞭解；如果沒有任何理由，他很想代替那幾位公主揍他一拳。

皇太子聽完雪哉的主張後，深深地嘆了一口氣。

「我去了之後，和她們相好，然後呢？你要我怎麼做？」

面對雪哉的堅持不懈的質問，皇太子似乎終於願意正面回答。不過，當皇太子正面反問他這個問題時，雪哉又忍不住皺起了眉頭。

「怎麼做？您不是早晚都要選皇太子妃嗎？」

雪哉覺得只要挑選喜歡的公主入宮，不是就解決問題了嗎？

「原來如此。」皇太子聽了他的回答，面無表情地點了點頭說：「挑選喜歡的女子入宮，建立濃厚感情……然後被殺嗎？」

雪哉一時說不出話。

「……您在說什麼啊？」他很想問，**為什麼會變成這樣**？卻無法順利表達。

「成為我的妻子就是這麼一回事。如果缺乏這種覺悟，無法做到最低限度的自衛，很快就會死於非命。對我來說，如果選錯對象也會致命，這等於把敵人帶到自己身邊。她們還不夠瞭解成為我妻子的意義。」皇太子看著雪哉的臉說：「原本以為你差不多已經明白了。」

「但是……」

「我母親身為側室，也遭到了殺害，剛好是圍繞我和皇兄繼承皇位的鬥爭白熱化的時候。如果她沒有生下我，就應該不會死於非命。」

皇太子用事不關己的口吻，表達了對生母的同情，雪哉這次無言以對。

「雪哉，你是否曾經聽說過，我母親成為當今陛下側室的來龍去脈？」

雪哉聽到皇太子平靜地發問，忍不住感到害怕。

「不，我不曾聽說。」

皇太子訴說起自己親生父母的事，臉上面無表情，甚至有點不自然。

「我母親並沒有在登殿時和父親相好，雖然不知道他們對彼此的印象，但在他們建立深入的關係之前，我母親就因病回府了。」

皇太子的母親在登殿期間，當今陛下只召喚過她一次。

日嗣皇太子造訪櫻花宮時有明確的規定，初次見面時，無法同床共寢。唯一的一次召喚，應該也只是相互打招呼而已。

「之後，在我母親回到櫻花宮之前，南家公主也就是現在的大紫皇后入宮，櫻花宮內所有的公主都在大紫皇后的命令下，全數被送回了老家。」

從未被當今陛下召喚的北家公主回家之後，很快就嫁給了分家的宮烏。但是當今陛下曾經多次召喚的東家公主，還有西家公主也就是皇太子的母親，始終未嫁人。

「聽說並不是沒有好姻緣，但即使有人上門提親，我母親都不接受。」

「您的意思是，家裡不准她們嫁人嗎？」雪哉語帶遲疑地問。

「不，我聽說是她自己不想嫁人。」皇太子露出令人看了於心不忍的苦笑。

皇太子的母親始終無法放棄當今陛下會娶她為側室的希望，苦苦等待多年。幸好六年之後，因為朝廷的問題將她召回，如願成為了側室。然而，即使沒有將她召回，皇太子認為他的母親應該也會持續等下去。

「不過，你說的也沒錯，即使我母親本人沒有這種想法，在她還是花樣年華之際，西家應該也不同意她另嫁他人。」

「這……」

「因為對西家來說，也無法放棄自家公主成為代理金烏側室的希望，更何況在登殿期間，當今陛下曾經召喚過她一次。」

皇太子轉頭看著雪哉，面無表情地說。

「雪哉，你瞭解嗎？我和四家的公主之間，絕對不能只考慮男女關係。因為金烏和準皇后之間的關係太沉重了，櫻花宮內到底有幾個少女能夠理解這一點？沒有必要再讓她們產生無謂的戀慕之心，進而傷害她們。」

皇太子靜靜地斷言道。

「我無意主動讓她們不幸，既然家裡不允許，就不需要讓她們在私下留下不愉快的記憶。如果我去櫻花宮，她們的確會很高興。」

皇太子的苦笑中帶著一絲嚴肅。

「但是這種高興是建立在，自己可能雀屏中選的樂觀想法基礎上。我只能在四個人之中挑選一位，而她們的高興同時也建立在，自己可能成為無法中選的三個人這個現實的基礎上。怎麼會有這麼一廂情願的高興？」

皇太子不悅地繼續說道。

「如果她們要恨我，就儘管恨，對我恨之入骨也無所謂。如果因為我輕率的行為導致她們不幸，我會無法原諒自己。我母親只因為一次召喚，就持續等了六年，我不知道她在這六年期間都在想什麼……只要我對她們說過一次話，她們就會心生希望，但這種希望有朝一日會變成絕望。她們所看到的世界很狹小，我相信你也可以想像，我的一舉手一投足會對她們的心情造成怎樣的影響。」

即使她們對皇太子沒有任何感情，還必須面對家裡的問題。女官們會怎麼想？家主會怎麼想？只要自己的主人、自己的女兒有一丁點入宮的可能，會輕易讓她們嫁給他人嗎？

答案當然是否定的。

「只要我去找過她們一次，就有可能導致她們在人生中最美、最燦爛的時光獨守空閨，而且入宮的那名公主也可能遭遇生命危險，所以說到底，我對她們來說就是個瘟神。」

皇太子再次斷言道。

「在你瞭解這些情況之後，還仍然要我去櫻花宮嗎？」

雪哉在聆聽皇太子說這些話時，腦海中浮現了至今仍然在垂冰等待自己回家的養母的臉。養母的臉上帶著溫柔的笑容，但難掩一絲寂寞。

「……您說的……」長時間的沉默後，雪哉想要開口，卻發現自己在不知不覺中口乾舌燥。「您說的有理，我的想法的確太膚淺了，也似乎太小看您了。」

當雪哉坦誠地道歉後，皇太子立刻恢復了往常的雲淡風輕。

「不，我也說得太過火了。你經常有機會遇到櫻花宮的人，想要抱怨幾句也很正常。我也要對你說聲對不起。」

皇太子越覺得自己必須對這幾位公主坦誠，就不得不對她們冷淡。雪哉忍不住為自己用身邊的例子去思考這件事而反省。

「但這麼一想，就覺得那幾位公主恨您太可惜了。」

皇太子聽了雪哉的話，似乎感到很驚訝。

「這種事根本不重要，無論我怎麼想，都只是自以為是。」

那些公主一定會覺得皇太子想太多了。雪哉仍然露出難以接受的表情。

「更何況未必完全沒有人能夠瞭解我的立場。」皇太子露出和剛才不同的笑容。

雪哉凝視著露出一絲溫柔笑容的主人。

「所以……」雪哉正想問皇太子，是不是知道那個人是誰？

「時間差不多了，飛車也已經準備就緒。」澄尾探頭進來說道。

「辛苦了，那我們走吧！」

皇太子站了起來，雪哉正想跟上腳步，皇太子回頭，用指尖按著他的額頭。

「你負責留守。」

除了護衛以外的成人男子不得進入櫻花宮。如果雪哉不隨行，就沒有人在皇太子身旁侍候，但雪哉沒有提出任何疑問就聽從了命令。

「路上請小心。」

皇太子還沒有放棄南家會派人前來的希望。

皇太子乘坐的飛車和騎在馬上的澄尾一起離開了招陽宮。

正當雪哉站在門口送主人出門，準備回屋內的時候，看到有人飛越山間而來。一看馬上的懸帶顏色，雪哉忍不住高興不已。

「來了！」

那個人正是皇太子引頸期盼的南家派來的使者。

南家使者一身整齊狩衣，輕盈地騎馬降落在招陽宮的舞台上，熟門熟路地跑了過來。

「這是南家家主給皇太子殿下的信。」南家使者遞上了漂亮的蒔繪書信盒。

「確實收到，我必定轉交。」

「那我就告辭了。」

南家使者一轉身，雪哉立刻打開了綁得很結實的繩子，看了信上的內容。信上果然寫著如果是現在，可以進行皇太子一直希望的會談。

雪哉立刻走去馬廄，為唯一的一匹馬裝上鞍轡。這匹馬當然不是澄尾，而是皇太子的愛馬，雖然是一匹出色的名馬，但只有皇太子能夠駕馭。

最好的方法，就是雪哉騎在那匹馬上去追皇太子。但他根據以往的經驗，知道只能自己變成鳥形，和那匹馬一起去追。

雪哉脫下官服，咬住韁繩變身後就立刻起飛，全速去追皇太子的飛車。皇太子乘坐的是四匹馬拉的特大飛車，雖然看起來很氣派，但飛行的速度很緩慢，只要現在出發，很快就可以追上。

雪哉猜的沒錯，當皇太子的飛車出現在前方時，他立刻發出了高亢的鳴叫聲。在飛車旁騎馬飛行的澄尾發現後，通知了皇太子。

「終於來了嗎？」
簾子立刻打開，皇太子現了身，然後退後了一步請雪哉進入車內。雪哉越過車上防止跌落的欄杆，上氣不接下氣地衝進飛車，恢復了人形。
「南、南家的、家主說，如果是、現在……」
「他說如果是現在，就可以和我會談嗎？」
雪哉來不及調整呼吸，遞上了已經皺成一團的信。皇太子輕輕一瞥，立刻點了點頭。
「好，雪哉，幹得好？你直接去櫻花宮，代我向所有人道歉。」
「啊？」
「道歉完之後，就馬上來找我。」皇太子說完，就脫下行動不便的紫色長衣丟給雪哉，跳上了已經靠近飛車的愛馬。「接下來就拜託了。」
皇太子再度叮嚀雪哉後，掉轉了馬頭，馬兒一對黝黑發亮的翅膀用力擺動，用和剛才完全無法相提並論的速度一下子飛去山的另一頭。澄尾也追了上去，雪哉默默目送他們離去。
櫻花宮就在眼前，自己將單槍匹馬去見那些翹首盼望皇太子的美麗、卻又手下不留情的公主們，而且還帶著皇太子無法前來的消息。

「最後還是變成這樣……」

雪哉看著漸漸逼近的櫻花宮，發出了無奈的嘆息聲。

南家的宅邸已經聚集了許多宮烏，正在享受七夕宴。

皇太子降落在裝飾了五色布的院子，負責南家戒護的人全都瞪大了眼睛。皇太子若無其事地把馬交給他們，帶著澄尾前往正在舉行盛大酒宴的正殿。

「恕我來遲了。」

皇太子打了聲招呼，便走上階梯，打量著正殿內。

正殿兩側都是南家旗下的宮烏，皇太子走在中央，內心笑了起來，因為所有看過來的宮烏，臉上都露出了極度不悅的表情。如果換成其他人，也許無法承受眼前的險惡氣氛，只不過皇太子並沒有這麼脆弱，不會被這點小事打敗。

皇太子始終保持落落大方的態度，走到坐在正殿最後方上座的南家家主面前。

「南大臣，感謝你盛情邀約。」

南家家主和在朝廷時的態度相同，面無表情地行了一禮。

「沒想到皇太子殿下真的會來，不勝惶恐。」

「就是啊！因為此行對櫻花宮的各位造成很大的困擾，你的確該感到惶恐。」

皇太子開玩笑地說，家主露出了一絲笑容。

「請坐。」

「謝謝。」

下人立刻備座，皇太子氣定神閒地在家主身旁坐了下來，一口氣喝完了和家主同一個酒壺倒出來的酒，露出銳利的眼神看著身旁的人。

「我長話短說，直接進入正題。南家家主融大人，我之所以想見你，是因為想瞭解你的想法。」

「我的想法嗎？」

「沒錯。老實說，我很清楚南家旗下的宮烏並不喜歡我，第一號人物就是你的姊姊。」

即使聽到皇后的名字，融也面不改色，他不發一語，等待皇太子的下文。

「上次的御前會議上，你說並不反對我即位，請問是什麼理由？」皇太子淡淡地問道。

南家家主垂著雙眼，喝了一小口手上的酒。

皇太子覺得他是一個不可思議的人。從某種意義上來看，他或許和大紫皇后很像，只不過大紫皇后更容易瞭解。雖然看似不可捉摸，但從她那雙眼睛中，可以感受到明確的意志。但是眼前這個男人，甚至無法從他的眼神中解讀到任何事。

近距離觀察，就發現他是一個並沒有太大特徵的平凡人。他在四家家主中年紀最輕，所以在他身上感受不到威嚴和魄力，但也完全猜不透他內心的想法。

朝廷內的人看待皇太子，都或多或少隱藏了各種想法。如果看皇太子的視線有色彩，那一定是濃烈的彩色。對方的官位和身分越高，顏色就越濃烈，而且都是不討喜的顏色。

然而，南家家主的視線卻是無色透明，和其他人完全不同。以他的處境和周圍的狀況來看，他應該是最大的野心家、最討厭皇太子，但直接面對這個男人時，卻完全嗅不到慾望的味道，這令皇太子有點不知所措。

「老實說，我看不出你對我有任何禍心。」皇太子看著融的眼睛，明確地說道。

「……的確沒錯。」融無聲地笑了笑。

「是嗎？但你也不想支持我，對不對？」

「老實說，我對你根本沒有興趣。」南家家主輕鬆地說完這句話，無聲地喝著酒。

「我身為南家家主，必須保護南家和南領，其他的事根本不重要。雖然我不知道我姊姊的想法，但都與我無關。只要殿下不對南家出手，我沒有理由反對殿下即位。」

雖然融的語氣平靜，好像只是隨口說的話，但這番話很重要。

皇太子把融的話牢記在心，深深點了點頭。

「我瞭解了，那再請教一個問題。上次我去花柳街時有人襲擊我，那……」

「那不是我。」融明確地回答。

皇太子聽了把還沒說完的話吞了回去。**他說不是他，原本以為他會說自己不知情。**

「這樣啊……原來和你沒有關係……」

皇太子看到澄尾在階梯那裡向他舉起了手。

「光是聽到這句話就不虛此行，謝謝你的美酒。」

皇太子露齒一笑說完，倏地站了起來。

「這麼快就要走了？」融頭也沒抬地問道。

「是啊！雖然我不知道你的想法，但這裡有很多人都不歡迎我，尤其是這一位。」

皇太子視線的前方，有一個人影正走上階梯。

「殿下，沒想到您會在這裡，竟然會在這裡相遇。」

來者肩膀寬闊，抬頭挺胸，一頭黑色直髮沒有綁起，在一身繡滿金銀刺繡的紫色袈裟上靜靜擺動。皇太子瞇起眼睛，看著眼前這個五官輪廓很深，很有男子氣概的男人。

「向皇兄請安。原本聽說你今天不會來這裡。」

長束帶著路近和敦房，從容不迫地走了過來，雖然臉上帶著親切的笑容，但是眼睛完全沒有一絲笑意。

「我只是來這裡向舅舅打聲招呼。皇太子殿下怎麼會來南家的朝宅？我還以為您此刻正在櫻花宮呢！」

「事不由人啊！那我就先告辭了。」

皇太子微微欠身，經過長束身旁，走向澄尾。在擦身而過時，他看到在長束身後的敦房，臉色蒼白。

「在這裡的時候不需要護衛，所以不必跟著我。」

路近瞭解長東的意思，立刻走出正殿。

長東帶著敦房走到融的面前，開口喊道：「舅舅。」

融感受到長東的語氣中帶著責備。

「我在他出門參加七夕宴後才送信過去，看來枉費心機了。」融面無表情地辯解。

「他無視櫻花宮選擇來這裡嗎？」

「接下來西家可能不會善罷甘休，真是麻煩！」融嘀咕著。

長東並沒有安慰他，沉默不語地站在那裡看著自己的舅舅。

「……皇太子說什麼？」

「他問，是不是我派人在花柳街襲擊他。」融看到外甥臉色凝重也不為所動，靜靜地重複了和剛才相同的回答。「並不是我，我討厭麻煩事。」

長束仍然一臉凝重的表情。

「真的嗎？真的沒有對皇太子說謊嗎？」

「你認為我會蠢到自掘墳墓嗎？」融始終保持淡然的態度。

長束停頓了幾秒後，緩緩搖了搖頭說：「不。」

「是嗎？那就好。」融小聲嘀咕後，為自己的酒杯倒了酒。「你該不會來這裡連酒也不喝一杯就走吧？」

長束似乎察覺了融的言下之意，就是要他坐下，於是默默行了一禮，在弟弟剛才坐的座位上坐了下來。

兩人的視線沒有交會，長束對著準備喝的酒吐了一口氣，然後把酒杯放回了桌上。

雙方乾杯喝酒後，融緩緩地問道：「所以呢？襲擊皇太子的到底是誰？」

「如果不是舅舅，顯然和大紫皇后有關。」

「姊姊也真讓人傷腦筋啊！」融立刻說道：「可見她多疼愛你。」

「那倒未必。」長束並沒有輕易同意對融的意見，語帶嘲諷地完，在舅舅已經空了的酒杯裡斟了酒，「母親執著的恐怕不是我，而是舅舅。」

融並沒有回答，長束也不以為意。

「母親似乎希望您的獨生女成為我的妻子。」長束繼續說道。

「你是說撫子。」

「對，所以她很著急。」長束苦笑著。

只要皇太子是日嗣皇太子，長束就無法還俗，當然也無法娶撫子為妻。

「母親希望在撫子被人指指點點，說她怎麼還不出嫁之前，解決掉皇太子。」

「女人真是頭髮長，見識短。」融的聲音中帶著不悅說道：「太愚蠢了，只會用子宮思考事情。」

長束聽了融的話，輕輕笑了笑，突然露出了銳利的眼神。

「舅舅說的也許有道理，因為女人能夠生孩子的時間有限。」

即使撫子嫁給長束，如果生不出孩子，就失去了意義。因為皇后的目的並非讓兒子成為金烏，也不是讓姪女成為皇后。

「母親只有一個心願，」長束注視著舅舅，嚴肅地說：「就是讓您這個弟弟成為新金烏的外祖父，就這麼簡單。」

「具體來說，她打算在這個基礎上，讓您成為黃烏。」長束又補充說道。

〈黃烏〉是山內朝廷中的文官之長。

這是只有具備統率百官實力者才能獲得的最高稱號，和神官之長的白烏一樣。朝廷內並不一定有黃烏，過去也曾經有過黃烏代理金烏治理萬機，君臨朝廷的例子。即使翻開史書，在山內漫長的歷史，獲得黃烏稱號的官人也屈指可數。

「如此一來，南家的實力就能堅若磐石。母親大人希望能夠和您一起，讓南家取代宗家成為宗主。」

默默聽著長束說話的融，用有點粗暴的動作喝了一口酒。

「這只是皇后陛下的夢想，如果認為我也如此希望，就太傷腦筋了。」

「不過，也正因為舅舅瞭解母親的意圖，所以才沒有送撫子登殿，是吧？還特地收了養女，代替女兒登殿。」

融想起目前正在櫻花宮內的養女，一時說不出話。

「……這件事的確聽從了姊姊的要求，但我並沒有想那麼遠，尤其說什麼南家要取代宗家，也未免太荒唐了。」

「那您的願望是什麼？我洗耳恭聽。」長束的態度在不知不覺中變得咄咄逼人。

融察覺之後，也絲毫沒有怯懦，點了點頭說：「今天或許也是一個好機會。」

長束發現兩個人的視線終於交會後，緩緩開口說：「我想要守護的是身為宗家一份子的榮譽，並不像母親大人一樣，為了私利私慾，竟然想要奪走皇弟的性命。」

長束不愧是宗家的年輕人，態度坦坦蕩蕩，但融察覺到他的話還沒有說完，所以用眼神示意他繼續說下去。長束看到他意味深長的眼神，露出了親切的笑容。

「沒錯，即使我的追隨者擅自做了什麼，都和我無關，我也不知情。只要皇太子是正統的宗家人，我就會支持他。」長束斷言道：「支持皇太子的人，絕對不是我的敵人。即使支持我的人……並不支持皇太子。」

融感受到長束平靜話語中的言外之意，微微揚起了嘴角。

「原來是這樣……最近你和原本屬於皇太子派的北家走得近，原來是基於這目的啊！」

長束用絕對不會讓人覺得心中有愧的態度，對融笑了笑。

「今天和您談話之後，我覺得您的想法也和我相近。」

「的確一樣。」融也靜靜地露出了微笑。

「我們並不需要著急，沒必要弄髒自己的手，只要我們不露出破綻，對方就會自滅。」

「我贊成皇弟即位，可惜因為他在宮外多年……」

「在他即位之後，可能有不少問題會浮上檯面。」

「皇太子很可憐，他至今為止，都沒有接受身為宗家人的教育。如果沒有強大的後盾，即使身為金烏，也無法有太大的作為。」

「西家沒有成為後盾的實力，我們即使想要幫忙，皇太子殿下也會心生警戒，他應該不會聽你的建議。」

「山內可能會因為皇弟的統治而陷入混亂。」

「會有人對皇太子的治世感到不滿。」

「雖然本非我願，但如果皇弟的統治失當，我身為宗家的人，必須採取應有的行動。」

長束露出如同賢君般氣定神閒的表情笑了笑。「拯救深受暴君折磨的百姓，這是身為宗家人當然的義務，不是嗎？」

這的確足以成為正當的理由。

「如果有這一天，舅舅願意鼎力相助嗎？」

「那當然。如果有這麼一天，我也將扶持正道，全力相助。只要你不背叛我，我也不會背叛你。話說回來，你還真可怕。」融臉上露出嘲諷的微笑。「自己完全不出手，卻要全盤皆收。」

「舅舅不要說得這麼難聽。無論是以前還是現在，甚至是以後，我只想祈求山內的安寧而已。」

兩個人平靜地相視而笑，背後突然傳來一個緊張的聲音。

「事情有這麼簡單嗎？」

通常宗家的親王和四家家主說話時，任何人都不得插嘴。長束驚訝地回頭張望，但融一動也不動，只是瞇起了眼睛。

「你就是敦房嗎？我記得你是我內人的姪子。」

敦房臉色蒼白地走向前，雙手伏地，跪在兩人面前。

「沒錯，請原諒晚輩打斷兩位談話。」敦房深深低下了頭，長束和融交換了一下眼神。

「那就原諒你。你說事情沒這麼簡單，那就說說你的根據。」融催促敦房表達意見。

「恕晚輩無禮，因為兩位認為皇太子統治會失敗的預測，可能會落空。」敦房低著頭，冒死表達了自己的意見。「雖然大家都說皇太子是阿斗，但觀察他的行動，發現他絕非愚笨之人。讓皇太子即位是一件危險的事。」

敦房在發言時，後背也不停地顫抖。

「……你似乎很看重那個阿斗。」融瞇起了眼睛。

敦房聽到這句話，猛然抬起了頭。

「請不要開玩笑，我絕非看重皇太子，我發誓發自內心效忠長束親王。」

「既然這樣，為什麼會說那種話？」

「因為我覺得皇太子並非阿斗，如果以皇太子統治會失敗的前提討論這件事，必定會失敗。搞不好在皇太子即位的瞬間，我方將承受重大的打擊。」

雖然也可以認為敦房是為主子著想，而表達了這番意見，但融面無表情，冷酷地否定了敦房的意見。

「太膚淺了，南家可沒這麼脆弱，會輕易被人擊垮，你也太瞧不起南家了。」

敦房聽了，嘴唇發著抖說：「如果家主感到不快，晚輩深感抱歉。但皇太子並非傻瓜，請千萬不可小看他！」

「你雖然沒有小看皇太子，卻是小看了我們嗎？太讓人生氣了，你可以走了。」

敦房聽了融的話，露出了絕望的表情，一臉求助地看向長束，但長束似乎認為現在說什麼都無濟於事。

「敦房，我瞭解你想要表達的意思了，你先退下吧！」

敦房無語地咬著下唇，低頭行了一禮後離開。

長束待等敦房離去後，嘆了一口氣說：「恕我的親信失禮了。」

「別這麼說，他也是我的姪子，我們都一樣。」

他們相互點了點頭，之後就沒有再提及敦房說的話。

侍女送來了新的酒，他們為彼此倒著美酒。

「話說回來，即使你如願成為金烏，之後也會有不少問題。」

即使如願即位，都無法避免和擁護皇太子的勢力對立。

「無論發生任何狀況，四家都會繼續存在。既然無法消滅，就必須有人出面。」

需要有人頂罪，一肩扛起所有的責任。雖然現在談論此事為時過早，一旦事情順利進行，遲早必須面對這個問題。

長束搖晃著酒杯，胸有成竹地說：「此事不必擔心。雖然他目前不在這裡，但已有適合的人選。」

融看向一臉嚴肅的長束，小聲地問：「是路近嗎？」

「對，他很忠誠，只要我一聲令下，他不會問原由，就會赴湯蹈火。」長束的臉上始終帶著平靜的笑容。「所以，當大功告成之後……他會願意為我去死。」

沒想到被棘手的傢伙纏上了。雪哉面對眼前這兩位個氣鼓鼓的少年，內心感到十分地不耐煩。

「你到底是使用了什麼招數？」

「你明明來自地家，卻可以成為皇太子的近臣，怎麼可能有這種事？」

「一定是你爸爸賄賂，否則絕對不可能。」

「你一定是用這種方法讓皇太子減少你的工作，太狡猾了。」

這是在南家朝宅的南庭。

雪哉聽從皇太子的指示，去了櫻花宮之後，就直接來到這裡，卻遲遲找不到主人的身影。他去了宴席張望，也在庭院內繞了一圈，正打算先回招陽宮時，剛好撞見了這兩個從未見過的貴族公子。雪哉聽了他們的對話，立刻知道他們是被皇太子辭退的近侍。

所有宮烏都穿著華麗的衣服，只有雪哉穿黑色羽衣，當然格外引人注目。皇太子的近臣經常穿著羽衣一事似乎已經傳開了。所以就被那兩個人發現，把他帶進沒有人的庭院角落。

這兩名少年應該是被皇太子使喚後辭退的六名近侍中的兩個人，來自地家的次子竟然能夠勝任他們無法做到的工作，讓他們顏面失盡。

雪哉很想趕快擺脫他們，但目前身在敵方陣營，而且他不希望這種小事引起風波。正當他坐困愁城，不知如何是好，腳下突然出現一個影子。雪哉抬起頭，頓時愣住了，因為有一隻八咫烏出現在那兩個人背後的杜鵑花後方。

「路、路、路……」

「怎麼了？連話都不會說了嗎？」那兩名少年語帶嘲笑地說。

從背後靠近的那個人，用兩隻手抓住了他們的腦袋。

「好痛，好痛。」

「幹嘛！混蛋！」

兩名少年慘叫著。

「既不是混蛋，也不是傻蛋，你們這兩個小鬼，在這個陰暗角落幹麼？」

那個人冷笑一聲說。

兩名貴族少爺聽到那個人發出好像野獸般的聲音，立刻閉上了嘴。

「南橘的、路近……」雪哉茫然地小聲說道。

「打架就要正大光明，否則太丟人現眼了，快滾！」路近聽了，挑起單側眉毛說。

路近把兩個人的腦袋一推，他們立刻跌倒在地上，露出驚恐萬分的表情，倏地連滾帶爬逃走了。

雪哉忍不住看著他們的背影，沒想到和路近對上了眼。他這才發現只剩下自己和對方，嚇得臉色發白。

「呃，謝謝拔刀相助！那我先告辭了。」雪哉一口氣說完，想要拔腿逃走。

「等一下！」路近一把抓住雪哉羽衣的衣領，「你就是皇太子的近臣吧？」

雪哉發出了好像青蛙被踩扁的聲音，縮成一團。**不知道路近要找自己什麼麻煩？**

「你的主子早就離開了。」路近慢條斯理地說道。

「啊？真的嗎？」

「我有必要騙你嗎？」

看來果然在哪裡錯過了。他思忖著。

路近放開了雪哉的衣領，雪哉向前踉蹌了兩、三步，回頭看著路近。也許是因為正在護衛長束，路近身上穿著有點像褐衣的羽衣。

他一如往常佩戴著大太刀，但由於身材高大反而與他相得益彰，更有護衛的架勢。比之前在谷間見到嗜殺的他，現下看起來比較正常。

路近也對毫不膽怯、抬頭看著自己的雪哉產生了好奇。

「你來自北家吧？長相不錯，很有武人的樣子。你叫什麼名字？」

雪哉被他的一雙大眼睛打量得心裡發毛，但還是報上了自己的姓名。

「來自垂冰的雪哉。」

「垂冰不就是北家公主嫁去的地方嗎？」

「……只有我的母親和其他人的母親不同。」

「這樣啊！原來你叫雪哉。」路近似乎不以為意，喚著他的名字，突然露出了笑容問道：「怎麼樣，你要不要來當我的部下？」

雪哉驚訝得張大了嘴巴。路近看到皇太子的近臣呆若木雞，豪爽地大笑起來。

「不瞞你說，我也打算邀澄尾加入，只是他遠遠看到我，就好像火燒屁股一樣飛走了。雖然很佩服他的飛功，但還是被他遁逃了，我真的希望澄尾成為我的手下。」路近抓了抓頭，自言自語地嘀咕完，又繼續說道：「但是，你只要好好磨練，應該很有意思，我會照顧你，怎麼樣？願不願意跟我？」

雪哉看到路近真誠的樣子，感到大吃一驚。他想起之前聽說路近在武人之間很有威望，雖然之前在谷間看到他時完全無法想像，但現在似乎能夠理解了。

「承蒙您抬愛，但我是皇太子的隨從。」

「是喔！他會派你去有生命危險的地方偵察，看來你是皇太子的信徒。」

我並不是他的信徒。雪哉正打算反駁，猛然住了嘴。

「……您想說什麼？」

「之前我在谷間砍死自作主張的傢伙時，躲在隔壁房間的就是你吧？我原本就知道隔壁有人，本以為是店家的人，但現在和你聊了幾句之後，發現氣息一樣。我搞錯了嗎？」

雪哉正想否認，又再度勉強將把話吞了回去。

路近觀察著他的反應，似乎樂在其中。雖然他好像在向雪哉確認，但顯然已經確信，雪哉就是當時躲在隔壁的人。雪哉立刻知道，事到如今想要隱瞞只會造成反效果。

路近看到雪哉緊張的表情，輕聲笑了起來。

「光是你沒有說謊這一點，就值得稱讚。好吧！就看在這一點份上，我會當作沒有發現。因為我沒說什麼不能給人聽到的話，即使被你瞧見，我也不痛不癢。你可以走了。」路近輕輕推著雪哉的肩膀，露出發自內心感到為難的表情說道：「這次就放你一馬，但下不為例。與其偷聽，不如當面來質問我。老實說，我很欣賞你，盡可能不殺你。」

雪哉覺得自己好像被澆了一盆冰水。

「代我向皇太子請安。」

路近的語氣沒有絲毫的諷刺。雪哉變身後飛上了天空，路近一臉爽朗的笑容向他揮手的樣子讓他害怕不已，他頭也不回地飛了回去。

「和南家家主談完了嗎？」路近目送皇太子的近臣飛走後問道。

當他轉過頭時，站在暗處觀察的長束雙手插在袖子中，緩步走到他的面前。

「剛才是皇太子的近臣嗎？」

「您認識他？」

「去北家拜年時，我也建議他來中央。」

「別看他那樣，他比中央貴族的那些小鬼更有膽識。皇太子殿下看人果然很有眼光。」

路近說完，誇張地張開了雙手，「只不過之前聚會時，皇太子的近臣也剛好在場，這件事絕對不是巧合，我們之中有內賊。」

路近突然用沒有感情的聲音，說道：「您是不是心裡有譜？」

長束沒有吭氣，露出銳利的眼神看著他，

「敦房最近的舉動有點奇怪。」路近露齒一笑說。

「……具體說說看，到底有哪裡奇怪？」

「長束親王，您應該也知道他透過某種方式和皇太子接觸，之後他似乎也瞞著您我做了一些小動作。」

「確實無誤嗎？」

「他做小動作的事，應該八九不離十。不告訴我也就罷了，竟然連您也瞞著，那就說不過去了。敦房在做違背您意志的事，照這樣下去，到時候會不會措手不及？」

路近露出令人厭惡的笑容挑釁著長束。

「你想說什麼？」長束瞇起眼睛，警戒地瞪著自己的護衛。

「是不是該相信我？」路近的臉上雖然帶著笑容，但露出了前所未有的警覺眼神。「我和敦房不一樣，不打算做任何違背您意志的事，只要您一聲令下，我將捨身圖報。」

路近在說話時，漸漸收起了臉上的笑容。

長束注視著路近，小心謹慎地開口說道：「我自認很相信你。」

「您可別小看我。」

路近突然用粗魯的語氣說話，渾身散發出殺氣騰騰的感覺。雖然長束面不改色，但看到路近的驟變，暗忖著「該來的還是躲不掉」。

「路近。」

「您剛才把我支開，我就可以猜到您們要談什麼。」路近把身體轉向長束，露出好像野獸玩弄獵物般的眼神。「您打算把我用完即丟。」

「那是因為……」

那是因為在南家家主的面前。長束本想這麼說，路近搖頭打斷了他，再度恢復了恭敬的態度。

「您不要誤會，我並不是說這樣有什麼問題。如果有辦法辦到，那就放手去做。充分罄竭所有可以利用的對象，這在朝廷是理所當然的事。」

長束忍不住皺起了眉頭，正打算問他到底想說什麼時，路近再度開口說道：「我的意思是，可以充分利用我。」

長束聽到如此明確的回應，瞇起了眼睛。「你的目的是什麼？」

「我剛才不是已經說了嗎？我和敦房不一樣，只要長束親王希望，我願赴湯蹈火，即使被利用也無妨。但是……」路近突然睜大眼睛，親暱地拍了拍長束的肩膀。「我想聽您親口下達命令。」

長束瞪著路近，路近只是開心地笑著。

「……你說我可以充分利用你？言下之意，我也必須做好被你利用的心理準備嗎？」

「既然您瞭解這一點，就更不需要猶豫了，因為宮中或多或少就是相互利用，和任何人打交道，都必須瞭解這一點。」路近斷言道，「總而言之，我剛才說的話沒有絲毫的虛假，也非胡言或是欺矇。只要您一聲令下，我就會默默執行。長束親王，您意下如何？不覺得與其和我為敵，不如和我站在同一陣線更輕鬆嗎？」

路近露出了調侃的笑容。長束看到他的笑容，閉上了眼睛，無奈地嘆了一口氣。

「我會做好在不久的將來，會有這麼一天的心理準備。」

「屆時可以直接對我下達命令嗎？」

「嗯，沒問題。」長束睜開了眼睛。

路近迎著他的視線，嘴角露出了笑容，當場跪在地上。

「我的期望無論是從前還是現在，都完全沒有改變。」

長束嚴肅地宣告，用嚴厲的眼神低頭看著路近。

「如果有人要破壞山內真正的安寧，即使是敦房，也不會手下留情？」

「對，那當然。」

「那我徹底瞭解了。」路近說完，放聲大笑起來。

在七夕宴結束後不久，就收到了敦房遭人砍殺的消息。那時候，雪哉正在和先一步回到招陽宮的澄尾、皇太子討論各自遇到的情況。

「那個傢伙簡直就像妖怪。」澄尾聽了雪哉陳述路近的事，不悅地皺著眉頭。「任何優秀的武人也無法做到像他那樣。他的直覺到底是有多敏銳？」

澄尾在說話時，雙手和雙腳上都起了雞皮疙瘩。

雪哉想起路近可怕的燦笑，也無法保持平靜。

「從今以後，我不能再去會被路近發現的地方，因為他明確告訴我下不為例。如果下次再被他發現，我就真的沒命了。」

雖然路近說話時的語氣很輕鬆，但他絕對是認真的。更何況雪哉曾經親眼看到他砍殺認識的人，當然無法樂觀以對。

皇太子可能也想到了同一件事，坦誠地點頭說：「我瞭解了，因為在他面前講膽識也沒用。一旦公開和他對立，即使是我，他最後可能也會在大庭廣眾之下殺了我。」

既然這樣，接下來該怎麼辦？三個人湊在一起思考著。

「經過這一次瞭解到，在現階段，南家家主並沒有採取行動。我認為他沒有說謊，狀況可能比我們原先想得更好。」

在花柳街襲擊的人，應該就是北四條家和大紫皇后派的人。

「接下來的問題，就在於如何加以證明……」

這並不是一件容易的事。雪哉偏著頭思考。

「不，」澄尾露出了很有自信的笑容。「未必如此，只要你能夠瞭解目前的狀況，就已足夠了。」

「啊？」雪哉正想問這句話是什麼意思，便看到一個很小的鳥影飛過窗外，他確認懸帶後說道：「殿下，是一巳。」

皇太子轉頭看到一巳，也皺起了眉頭。

「太不尋常了，他竟然這麼大剌剌地來這裡。」

北家家主為了登殿一事派來一巳，但外人並不知道他和皇太子有交情。之前在和皇太子接觸時，一巳向來都小心謹慎，照理說不可能在大白天，而且來得如此慌張。

「是不是出了什麼事？」

「我去看看。」剛好在門口附近的澄尾說道。

但皇太子搶先一步站了起來。「我也去。」說完，便從窗戶跳了出去，直接前往庭院。

雪哉和澄尾也慌忙追了上去，來到面向山崖的庭院角落，迎接從天而降的一巳。

「一巳，出了什麼事嗎？」

一巳重重地降落地面，喘著粗氣，變回了人形。聽到皇太子嚴肅的聲音，抬起了滿頭大汗的臉。

「敦房大人……敦房大人被砍了。」

三個人都同時倒吸了一口氣。

「敦房被砍！他死了嗎？」澄尾激動地問。

一巳的肩膀起伏著，搖了搖頭。

「目前勉強剩下一口氣，但失血得很嚴重，聽說不知道有沒有辦法救活。」

「怎麼會這樣？」澄尾忍不住捂住了嘴。

皇太子蹲在地上，看著一巳的眼睛問：「誰砍了敦房？」

「目前並不知道。」

敦房從地下通道爬出來，逃往中央花柳街的某家店求救時，已經滿身是血了。但他堅決不肯透露發生了什麼事，只要求店家立刻堵住地下通道。除此以外，僅勉強說出了皇太子的名字，於是店裡的人便通知了皇太子經常造訪的哨月樓。

「目前哨月樓的樓主把敦房藏了起來，偷偷聯絡我，因為敦房似乎想直接和殿下見一面。樓主說，雖然敦房目前還有意識，若皇太子打算見他，就越快越好。」

「這樣啊！」皇太子點了點頭，立刻站了起來。「一巳，辛苦你了。你立刻去山內眾的值勤處，召集可以信任的人前往哨月樓擔任護衛。」

「遵命。」一巳調整著呼吸，深深鞠了一躬，再度從山崖上起飛。

皇太子來不及目送他離去，立刻轉身跑向馬廄，但走進馬廄後，微微皺起眉頭。

「你要去嗎？」

「當然啊！」

「但現在完全不瞭解事態，的確十分危險，為了以防萬一……」

皇太子還來不及把後半句的「**你留在這裡**」說出口，雪哉已經把韁繩遞到皇太子面前。

「我要和您一起去。」

皇太子聽聞瞪大了眼睛。

澄尾早已準備將馬牽出去，男子氣概十足地笑了笑，丟了一把短腰刀給雪哉。

「記得要保護好自己。」

「我知道。」雪哉毫不猶豫接過短腰刀。

皇太子見狀，接過了雪哉遞給他的韁繩。「那我們就一起去吧！」

當他們趕到哨月樓時，山內眾還沒有到。

看起來像是保鑣的人似乎已經瞭解了狀況，神色緊張地帶他們走進店內。哨月樓樓主早已等候多時，一看到皇太子，立刻領著他們前往三樓深處的房間。

「除了我和保鑣以外，沒有人知道他在這裡。我也已經要求前來通知我的人，絕對不可以洩露出去。但為了安全起見，最好能夠趕快移到安全的地方接受治療。」

「我知道。他目前的狀況如何？」

「很不理想，好像從肩膀到側腹被重重砍了一刀。傷口並不深，但出血很嚴重，雖然試著為他止血，但目前仍然止不住。剛才從後門把他搬進來，一路上都在滴血，看了讓人心裡發寒。他能夠活到現在，真是太不可思議了。雖然我不願意這麼說，可能已經來不及將他移去他處了。」

樓主邊走邊說，皇太子露出了凝重的表情。

「謝謝你通知我。山內眾馬上就會趕到，在他們趕到之前，千萬要提高警覺。」

「瞭解！到了，就在這裡。」

來到那個房間門口時，皇太子向雪哉使了個眼色，命令他等在門口。雪哉立刻點了點頭，皇太子便帶著澄尾走進了屋內。

房間內門窗緊閉，為了提防被人發現，焚燒著具有鎮痛效果的香。然而，空氣中的血腥味和傷藥的強烈氣味，幾乎讓人想要嘔吐。

躺在昏暗小房間中央的敦房慘不忍睹，他的臉色蒼白，鮮血浸濕了他的衣服，就連下方的被褥也都沾滿了鮮紅的血。

「敦房。」皇太子在他旁邊坐了下來。

原本沒有動靜的敦房，眼瞼顫抖了一下，微微睜開了眼，怔怔地看向皇太子。

「……殿下？」

「是，我來了。」

「很抱歉，我失敗了。」敦房露出了苦笑，再度閉上了眼睛，試著緩了緩呼吸後，小聲地說：「路近發現我和皇太子殿下有往來。」

「路近？」皇太子皺起了眉頭。

「是的……」敦房小聲回答。「既然我現在還活著，也許路近並不想致我於死地……」

敦房陳述得斷斷續續，不知道是否想起了被砍的瞬間，他臉上露出了可怕的表情。

「殿下，說起來很不甘心。那個男人太可怕了，所以我從谷間奔逃到這裡。」敦房驀然睜開眼，有點神志不清地嘀咕。「我現在手腳都很冷，我很清楚，來這裡的路上流了太多血。」

敦房沙啞的聲音有點聽不太清楚，似乎連說話都很吃力。

「路近真的太可怕了，照目前的情況下去，長束親王會變成路近的犧牲品。殿下，請您無論如何都要拯救長束親王。」

「只要您願意保證做到，我會立刻把想要謀害您的名冊，以及至今為止掌握到能將那些人逼入絕境的手段告訴您，因此我才希望能直接跟您見一面。」敦房的呼吸顫抖著，費力地擠出聲音，「懇求您，請您跟我約定！」

「我知道，我一定會幫助皇兄。」

敦房確認皇太子明確點頭後，深深地吐了一口長長的氣。

「我之前就相信，您一定會這麼說。」

這時，皇太子身後傳來咚的一聲，澄尾手上的打刀掉在榻榻米上。

皇太子回頭一看，剛才背靠著門、站在後方守護的澄尾，現下無力地癱坐在地上。

「澄尾。」皇太子叫著澄尾的名字，正想要走過去，倏忽感到一陣驚愕——

該死，手腳無法使力。當皇太子發現這個事實時，才知道自己上當了，他努力讓不聽使喚的身體轉向被鮮血染紅的被褥。敦房仍然躺在那裡，但與剛才不同的是，他雙眼明亮能呈現出清明的意志。

房間內充滿血腥味和藥的氣味。剛才在枕邊冒著煙的焚香，的確具有緩和疼痛的效果。不過，這種用於鎮痛和安眠的香，只要分量使用不當，不是會引發麻煩的副作用嗎？

「這是、伽亂嗎……？」皇太子用發麻的舌頭擠出這幾個字。

敦房沒有回答，他掀開被子，一躍而起，伸進自己被血染紅的袖子裡，把裝了動物血的皮革袋子丟向一旁。接著無聲地跑了過來，將完全失去意識的澄尾拿著的打刀，丟到拿不到的地方。

「住手！」他輕鬆推開皇太子費力抵抗的手，搶走了塗成黑色的太刀，然後撕下自己的袖子，塞住皇太子的嘴巴。

這時，他聽到了走廊上傳來的腳步聲，猛然停了下來。

「皇太子，山內眾趕到了。」

外頭傳來通報聲，敦房沒有回答。

「皇太子……殿下？」樓主狐疑地再次詢問。

敦房仍然沒有說話，只聽到一聲悶打，接著有什麼東西倒在地上。

片刻後，有人悄聲叫著：「敦房大人，是我。」

「進來。」

房門打開後，立刻看到失去意識的樓主，和一個身穿羽衣的男人，他身上掛著代表山內眾的懸帶。

「負責聯絡的那個叫一巳的人呢？」敦房毅然開口詢問山內眾。

身穿羽衣的男人用袖子掩著嘴說：「不必擔心，我跟在他後方，在他到值勤處之前就逮到他了，因此皇太子派的山內眾並沒有察覺異樣。」

「已經解決他了嗎？」

「不，他似乎知道支持皇太子的人，所以還沒有殺他。」

「好，一定要讓他吐實。」

「是。」

「除了你之外，還有幾名山內眾來這裡。」

「有八人發誓效忠長束親王，都已經在周圍安排妥當了。即使有人察覺異常，試圖從哨月樓逃出去，也會馬上被抓到。」

敦房聽到這裡正準備點頭，倏忽看向眼前這個山內眾的後方，皺起了眉頭。

「……在你進入哨月樓，到這個房間的路上，有沒有看到其他人影？」

「沒有，我對保鑣說，由我們負責警衛。那些遊女也都還沒有來店裡，樓主可能把閒雜人等都趕走了，所以也沒有看到聽差的身影。」

「不見了。」

「嗯？」

「皇太子的近臣不見了。那個小鬼跑到哪裡去了？」敦房大叫著。

他明明聽到皇太子走進房間之前，交代一個人等在門外，但現下只有樓主一人倒在門外

「近臣在哪裡？皇太子的近臣還在店裡，趕快把他找出來！」

當雪哉發現房間內的狀況不妙時，正準備去叫樓主。

「在這裡。」

「嗯。」

他聽到外面傳來了說話聲，知道山內眾趕到了。

他原本從三樓的窗戶探出頭看向後門，想要向山內眾求救，但最後沒有發出任何聲音，

就把腦袋縮了回來——因為他認識那個向樓主點頭，又向其他山內眾使眼色的男人的臉。

「他不是長束派宮烏的護衛嗎？」

雪哉是在北四條家的和滿被殺的那天晚上看過，那個人就在眾多宮烏的護衛中。

雪哉腦子一片混亂，因此當樓主和那個男人正走上樓梯時，他躡手躡腳地走向樓梯另一側躲藏了起來。他不敢探頭，僅豎起了耳朵，立刻瞭解所有的狀況。

原來自己和皇太子完全落入了敦房的圈套，必須趕快找人來救援，但是要怎麼找救援？附近都沒有人，即使大聲喊叫，也只會被那些山內眾叛徒抓到，至少必須讓眾多遊女和隔壁店家的八咫烏知道出事了。

先趁他們發現自己之前趕快逃離這裡吧！雪哉悄悄地走下樓梯時思忖著，小心翼翼地不被敦房和山內眾發現。

這時，突然從二樓傳來了怒吼聲。

「近臣在哪裡？皇太子的近臣還在店裡，趕快把他找出來！」

被發現了！二樓傳來有人在走廊上奔跑的聲音，看向後門，其他山內眾聽到敦房叫喊後，訝異地看了過來。

雪哉與山內眾四目相對。**慘了**！他甚至來不及這麼想——

「**他在這裡**！」雪哉聽到聲音一回頭，發現身穿羽衣的男子從前門跑過來。

事到如今，只剩下一條路——雪哉突然一邊大聲喊著救命，並且跑向地下室的房間。

「別跑！」

他察覺到追兵從背後逼近，立刻轉身面對後方，拔出腰刀迎戰。「不准再過來！」

被刀尖對準的一名山內眾，不以為然地笑了起來。「你能用這把刀子做什麼？」

「等一下。」山內眾的同伴制止了他。

另一名山內眾伸出了手。「把刀子放下來。只要你乖乖聽話，我們不會對你不利。」

雪哉假裝陷入了猶豫，慢慢後退，和山內眾拉開了距離。

「沒事、沒事，我們真的不會對你不利。」

其中一名山內眾放下了刀子，試圖想讓雪哉放下心防。

說時遲，那時快。雪哉立刻轉過身，大叫著：「別騙我！」接著把供物全踢開，逃進了神壇內，然後關上了對開的門，硬是把腰刀插進了內側的兩個把手上。

咚。門外傳來激烈的撞擊聲，但門沒有打開，在門外想要推開門的山內眾用力咂著嘴。

「小鬼！別鬧了！你以為你逃得了嗎？」

「趕快去向敦房大人報告。」

「我先回去值勤處，如果有小孩靠近，我會立刻逮住他。」

「先去谷間埋伏比較好。」

山內眾在外面拼命想把門推開。

雪哉聽著他們的交談，在隧道裡奔跑了起來。隧道內一片漆黑，和上次不同，他完全看不到腳下，而且也很危險，但他無法慢慢摸索。

沒錯，沒有時間了，現在沒有時間了。

誰呢？我該向誰求救？

即使從隧道逃出去，若遇到伏兵，就什麼都完了。

即使躲過了伏兵，離朝廷也很遠，在自己去找援兵之際，皇太子就會遭到殺害。

即使去附近求援，如果剛好是長束派的人馬，自己也會遭到滅口。

走投無路了……

這半年來，在宮中結識的人的臉，都逐一浮現在雪哉的腦海中。

敦房絕對背叛了皇太子。那些山內眾說，他們發誓效忠長束。

事到如今，到底該向誰求救才正確？

他被岩石絆倒了。黑暗中，雪哉跌倒在地上，他甚至無法保護自己不受傷。

臉重重地撞到地上，雖然很疼痛，但更大的絕望讓他的眼淚快流出來了。

他真的不知道該信任誰……

這時，雪哉對自己腦海中的話，產生了似曾相識的感覺。

信任？

『光就可以信任這一點來說，沒有比他更能夠交付生命的人了。』

皇太子是什麼時候用這番話，評論潛伏在長束派內的內應？

沒錯，那是第一次去櫻花宮的路上，在敦房表示願意提供協助。也就是說，很久之前在長束派裡，就已經有自己人了！

長束派內有皇太子最信任的人。

雪哉倒在地上，目不轉睛地看著黑暗中。

但是他不知道那個人是誰？即使知道對方是誰，如果那個人在朝廷，遠水也救不了近火。難道該冒著被抓的危險，去山內眾的值勤處嗎？

想到這裡，他強烈地感到不對勁，有一種不祥的感覺，總覺得自己好像遺漏了很重大的事——某件重大的事，很基本的事，最根本的事。

「快想，快想，快想！」

答案應該就在，從自己來到宮中到今天為止的所見所聞之中——

當皇太子說，他是真正的金烏時，自己還感到很狐疑。

在他成為近侍，整天被皇太子使喚的日子；在花柳街的早晨，瞭解到皇太子的本性。成為皇太子臨時近臣的那天晚上之後，那個男人就對雪哉沒有任何顧慮了。

……他怎麼會知道這件事？

「啊……啊啊啊！」雪哉忍不住叫了起來，整個人跳起來。

當腦海中閃現答案後，就發現一切都這麼簡單。

如果自己想錯的話，皇太子就沒命了。

然而，如果因為自己猶豫而錯失了寶貴的時間，大家都只有死路一條。

事到如今，只能孤注一擲。

雪哉下定了決心，在黑暗中全速奔跑了起來。

「被他逃走了？」敦房冷冷地問道

「很抱歉！」山內眾都只能鞠躬道歉。
「那個小鬼從內側封閉了地下道。」
「這小子真狡猾！」
敦房用冰冷的眼神看著拼命辯解的山內眾。
「說再多辯解都無益，既然有心想要道歉，就去取那個近臣的首級來見我。雖然那個小鬼和北家有關係，但他終究只是地家的人。」敦房說到這裡，瞇起了眼睛，「即使出了事，也很好搞定。不必計較手段，即便把他剁成肉醬，也一定要幹掉他！」
「是！」有一半山內眾鞠躬後，立刻轉身離開了。
「敦房大人，接下來該怎麼辦？計畫要停止嗎？」
最初來到敦房身邊的山內眾，看著被晾在一旁的樓主、澄尾和皇太子。
敦房立刻回答：「開什麼玩笑！怎麼可以錯過這個千載難逢的機會。雖然近臣逃走出乎意料，但這只是小問題。馬上動手吧！」
山內眾聽到敦房的命令，默默地點了點頭。
「不能留下傷口，被煙嗆死的屍體上，不可以有刀傷。」

「瞭解。」

山內眾拿出一根差不多像成人食指般長的針，不知道是否想試針，他先把澄尾的身體翻了過來，把針尖放在澄尾的脖子上。

正當他打算用力紮下去時，剛才一動也不動的皇太子突然睜開了眼睛，扯斷了綁住雙腳的布，整個人撞向山內眾，把他從澄尾身旁撞了出去。

山內眾倒退了幾步，皇太子張開雙腳站在那裡，保護著自己的手下。

「敦房，你欺騙了我嗎？」皇太子扯下嘴上的布，瞪著敦房，用沙啞的聲音問道。

敦房沒有回答，只是皺起了眉頭。「……太令人驚訝了，您為什麼可以活動？」

「並不是只有南家的人平時會用伽亂。」

只要長期少量使用伽亂，伽亂的效果就會漸漸失效。

敦房本想利用自己對伽亂有抗藥性這件事，卻出乎意料遠離山內多年的皇太子，竟然也抵抗得住伽亂，原本是為了防範大紫皇后而鍛練的，竟然在意想不到的地方發揮了作用。

敦房雖然很不高興，但看到皇太子的動作不如自己俐落，立刻判斷沒有問題。

「如果您乖乖死去，至少可以有完整的屍體舉辦喪禮……」

如果燒焦的話，就沒有人知道你是皇太子了。敦房自言自語地說道。

「動手吧！這次不求無傷，但一定要在這裡解決！」

「是！」

山內眾丟下手山的針，拔刀迎戰，皇太子立刻主動逼近。

山內眾不慌不忙地砍了下來，但皇太子快了一步，他輕輕滾過山內眾的身旁，奪走了其插在腰上的刀鞘。在站起來之際，用刀鞘打向山內眾的後背，山內眾驚險躲過。

皇太子向後一跳，急忙與山內眾拉開距離，深深吸了一口氣，然後吐了出來。身體不聽使喚，讓他很不安，但幸好意識很清楚。因為指尖仍然麻木，他用羽衣把刀鞘綁在手上，以免不小心掉落。

皇太子和山內眾互瞪著，雙方皆按兵不動，敦房也沒有插嘴。不確定他是否不想干擾山內眾，也可能打算去叫其他山內眾，只見他默然不語地走出了房間，但皇太子無暇制止他。

「你為什麼要做這種事？難道你相信這是我皇兄的旨意嗎？」

皇太子用激烈的語氣問道，但山內眾沒有回答。他就像沒有聽到皇太子的話，猛然舉刀衝了過來。皇太子用刀鞘擋住了兩、三次攻擊，搖搖晃晃地後退。

這時，不知道從哪裡燒了起來，房間內漸漸瀰漫著煙，應該有人在走廊上倒了油。轉眼之間，房間就被火包圍了。

皇太子冒著冷汗，他從剛才就多次試圖變身，但身體都沒有反應。照這樣下去，被砍死之前，就會先被煙嗆死。

情勢不妙！正當他這麼想的剎那，沒想到又有兩名山內眾飛過火焰，滾進了屋內。

原本他就一直處於守勢，這下子更不妙了。他想要擋住砍過來的刀子，沒想到刀鞘斷了，這下子連防衛都有問題。

一名山內眾用腳一掃，皇太子重心不穩，另一名山內眾立刻上前扭住他的手臂，讓他無法動彈，最後皇太子終於被拉倒在地上。

當他回過神時，發現第三名山內眾將刀子抵住了他的喉嚨，顯然想親手殺了他。那名山內眾抓起皇太子的頭髮，讓他露出了喉嚨。

皇太子對逼近的刀子倒吸了一口氣。就在這時——

「你們好像玩得很開心啊！」隨著一陣狂妄的笑聲，有人穿越窗戶進入屋內。

紙窗框碎了一地，遮雨窗被割破了，刺眼的陽光灑進了原本被火光照得通亮的房間內。

咚。那個人重重落地，倏地整個人彈了起來，輕鬆砍下了將刀對準皇太子的男人的腦袋。血濺到了皇太子的臉上，但還來不及感到驚訝，那個人甩了一下刀上的血，再度舉起了刀子。

「來啊！還要再來嗎？還是不敢了？」

那個人大笑著說話的同時，大太刀快速一閃，把抓住皇太子手臂的山內眾，從腹部砍成了兩半。

皇太子在飛濺的血沫中，確認了持續發出豪爽笑聲的男人。

「你、該不會、是路近？」皇太子忍不住喘著氣問。

逆光中，只看到一雙大眼睛和潔白的牙齒，皇太子知道他在笑。

「沒錯，就是我。」

「為什麼……你為什麼會來救我？」

「如果要道謝，記得向那一位道謝。」

路近再度笑了起來，跑去追趕因大吃一驚而轉身想逃跑的山內眾。

看起來像是路近手下的武人，立刻衝進了房間，把皇太子及倒在地上的澄尾和樓主，都帶了出去。

哨月樓周圍擠滿了人，紛紛議論到底發生了什麼事。

那幾個武人變成鳥形，載著皇太子等人離開了哨月樓，飛到附近的房子。過一會兒，皇太子看到站在那棟房子庭院內等待的兩個人影，立刻知道發生了什麼事。

那兩個人中的其中一人哭喪著臉，正是皇太子希望至少他可以順利逃脫的近臣。

當武人放下皇太子後，皇太子坐了下來。

這時，雪哉哭喊著：「殿下」，跑了過來。

「雪哉，你平安無事嗎？」

仔細一看，雪哉鼻子流著血，身上到處都是擦傷的痕跡，似乎跌倒了很多次。

「我沒事。倒是您，必須馬上治療。」

「奈月彥，你哪裡受傷了？」

另一個男人也心神不寧，不顧自己豪華的衣服沾到了泥土，在皇太子身旁跪下來。

皇太子看著那張因為擔心而變得蒼白的臉，露出苦笑。

「皇兄，給你添麻煩了。」

第六章　回答

「抓到敦房了。」路近說完，重重地坐了下來。「據說，他打算把您們連同哨月樓一起燒死。他點火之後，就從後方逃走了。不過，我的部下很快就追上他，那些背叛的山內眾也都逮到了。」

路近繼續補充道：「那個叫一巳的人也平安無事，只不過受了點傷，已經找人包紮了，但都是擦傷和跌傷，沒有大礙。他也是我的部下找到的。怎麼樣，我的部下很優秀吧？」

路近顯得十分得意，皇太子一臉嚴肅地點了點頭。

「對，多虧了你，救了我一命，謝謝。」

「我不是說了嗎？不要向我道謝。要謝的話，就謝長束親王，或是我的那些部下，我並不是為了您賣命。」

路近對皇太子的態度很冷淡。

「敦房說什麼？」長東問。

「什麼也沒說。」路近立刻回答，然後不屑地冷笑一聲說：「他很清楚即使現在狡辯也沒用，所以就像貝殼一樣緊閉著嘴巴，什麼都沒說。我猜想，當初十之八九是敦房直接唆使北四條家的和滿。」

「應該是……」

在谷間的聚會時，和滿之所以到最後都沒有招出幕後黑手，就是因為敦房也在場。當時，和滿露出求助的眼神看向上座，原來並不是看著長東，而是看著敦房。

「請問，可以告訴我到底是怎麼回事嗎？」

雪哉看著在場的所有人開口問道。

目前已是夜晚了，而這裡是位在谷間和中央花街之間的長束宅邸，皇太子、長束、澄尾、路近和雪哉圍成一個圓圈坐了下來，沒有上座和下座之分。

在不久之前，完全無法想像這些人會聚在一起，皇太子和長束也感情和睦地相鄰而坐，這也是雪哉第一次見到。

迎接皇太子之後，自己被帶去其他房間治療傷勢，天黑之後，皇太子才終於把雪哉叫來這裡。雪哉被帶來的這個房間，似乎是長束的主寢室。

這時，皇太子和澄尾吸入的伽亂已經失效，兩個人都恢復了正常。正當他們相互關心彼此的身體時，為了善後四處奔波的路近回來了，一回來就盤腿坐了下來。

皇太子聽了雪哉的要求，看著他說：「我想你應該已經知道了，皇兄是最支持我的人。其實在我離開皇宮之前，就已是如此了。自從將日嗣皇太子讓給我之後，皇兄就一直默默守護著我。」

「長束親王，所以您真的並不想成為金烏……」

長束聽了雪哉的問話，一臉正色地點了點頭：「那當然，因為我不是南家的人，而是宗家的人。」

長束讓位給皇太子時，上一代的代理金烏還在世。長束從小身為日嗣皇太子，上一代的代理金烏對他進行了身為宗家人的教育，所以他發自內心地讓位給弟弟。

「祖父大人最先教導我，什麼是真正的金烏，代理金烏又是什麼，這是身為宗家人最需要瞭解的事。既然奈月彥是金烏，我對日嗣皇太子的身分也沒有絲毫的留戀。」

長束主張說，**金烏就是宗家**。

「無論在任何時代，真正的金烏誕生都具有意義。當山內動亂，就連山神也棄而不顧的時代，才需要真正的金烏。只要看目前的山內，就可以清楚瞭解到這一點。」長束說完，突然咬牙切齒了起來，「到了父皇那一代，宗家的勢力明顯衰退。大紫皇后完全沒有對自己身為宗家人感到驕傲，反而一味優待南家，導致其他三家也不把宗家視為主家。如果有南家血統的我成為代理金烏，南家的勢力會進一步增強，其他三家為了與之對抗，就會更加為所欲為。」

長束認為，從四家的關係來考慮，他成為代理金烏，對宗家並非好事。無論自己身為宗家的人，還是為了保護宗家，都必須保護弟弟。

只不過長束的生母大紫皇后，以及大紫皇后的娘家不願善罷甘休。

「無論祖父和她說多少次，大紫皇后就是不承認我讓位一事。不久之後，祖父和奈月彥的母親大人都相繼去世，除了我以外，沒有人可以保護奈月彥。」

就連宮廷的膳食中也被摻了毒，皇太子不得不逃去母親的娘家西家。

「不過，當皇兄得知我在西家也沒有容身之地，便代替當時還年幼的我，安排我外出遊學。老實說，父皇都對那些高官言聽計從，如果沒有皇兄，我可能早就死於非命了。」

當時的狀況讓皇太子幾乎走投無路，於是，宗家的兄弟共謀了一項計畫。

首先，讓弟弟逃離山內，安排他可以在宮外生活，等他有最低限度保護自己的能力後，再回到宮中。在這段期間內，由哥哥掌握宮中，等弟弟回到宮中之後，哥哥便能成為弟弟最堅強的後盾。

幸好南家旗下的宮烏都絲毫不懷疑，一直認為長束想奪回日嗣皇太子的寶座。於是長束就反向加以利用，他並沒有向那些宮烏澄清誤會，讓積極想要對皇太子不利的人，都聚集在自己身邊。

「所以你才不願意張揚自己遭到暗殺的事。」

雪哉靜靜地聽他們說明後，忍不住嘀咕道。

皇太子之前說，別人不相信他說的話，所以極力隱瞞自己遭到襲擊的事。如今終於知道真正的原因——之所以用各種理由不向朝廷求助，是因為根本沒有這個必要，這對兄弟正秘密而確實地鏟除皇太子的敵對勢力。

「之前在御前會議上發誓效忠皇太子，也是為了挑釁擁護長束親王的那些人嗎？」

長束可能想起了皇弟在當時的態度，忍不住皺起了眉頭。

「我本身無所謂，但那次的舉動不是也會招致沒有屬於任何派系的官人不滿嗎？」

皇太子反駁道：「我相信只有那些想要藉由皇兄實現個人野心的人，才會因為這種程度的事產生反感。」

原來皇太子和長東就是藉由這種方式，掌握宮廷內的勢力版圖。

今天，他們兄弟兩人說好一前一後去找南家家主，就是想要試探南家家主的真心。

「路近，你是什麼時候察覺皇兄的真實想法？我完全不知道你也是我們的同路人。」

「那當然啊！」路近點了點頭。「我很久之前就發現長東親王把消息透露給您，但長東親王直到最近才親口告訴我。」

路近說，是在他向長東報告敦房最近舉動有點奇怪時，才知道這件事。

「雖然我原本希望等長東親王主動告訴我，但後來形勢越來越緊迫。完全沒想到敦房會在今天採取行動，如果更早確認長東親王的想法，或許可以預防今天的事發生。」

長東聽了路近的話，露出了尷尬的表情。

「在奈月彥剛回來時，我無法瞭解你和敦房對奈月彥有什麼想法。正因為不知道……」

因為長東派內部也有不平靜的動向，所以無法輕易相信任何人。

「說到底，還是無法相信我。」路近一針見血地說出了長束沒有說出來的話。

長束雖然一時語塞，但並沒有辯解，而是點了點頭說：「沒錯，我為懷疑你道歉。」

「在這種情況下，也是無可奈何的事。姑且就認為您最後還是決定相信我，之前的事就不計較了。」路近說完，輕輕轉動了肩膀。「話說回來，我在長束親王身邊這麼多年，能夠看出來並不稀奇。雪哉，你真是太厲害了！」

路近突然對雪哉露出無邪的笑容，讓雪哉的身體忍不住抖了一下。

「什麼？」

「你之前不是並沒有發現皇太子殿下和長束親王在背後聯手這件事嗎？為什麼會在緊要關頭發現這件事？」

路近感到好奇，但雪哉不知道該怎麼回答。

「我也想知道為什麼。」剛才始終不發一語的澄尾也開了口。

「這次讓殿下和你遭遇這種事，都要怪我。多虧了長束親王提供消息，只要有可疑的動向，通常都可以馬上解決。因為已經習慣了這種狀況，所以就大意了，都怪我疏忽了。」澄尾懊惱地說道，「差一點造成無可挽回的結束，幸虧你機靈，救了大家。但是為了能夠汲取這次失敗的教訓，我想瞭解自己哪些地方做得不夠完善？這次雖然很幸運，但下次可能就不是這樣了。所以拜託你，能不能告訴我，你到底是怎麼發現的？」

雪哉對集中在自己身上的視線感到不知所措，把眉毛皺成了八字形。

「其實也不是什麼了不起的事，我只是想起了殿下要求我當他的近臣時，對我說的一句話。」

當雪哉不想成為近臣時，皇太子對他說——

『如果你不到一年就回去的話，不是會被送去勁草院嗎？』

「……為什麼這句話會讓你覺得長束親王是皇太子殿下的盟友？」澄尾困惑地問。

「這很簡單啊！別看我這樣，我也是武家的出身，卻把去勁草院當作是一種懲罰。如果北領的人聽到，一定會笑死。」

不是武家的人可能難以瞭解，但垂冰的家裡會覺得這件事是奇恥大辱。

而且當時只有雪哉的家人和長束聽到『如果雪哉逃回垂冰，就要被送去勁草院』這番話。

「我父母很愛面子，我的哥哥和弟弟比我自己更討厭別人把我當笨蛋，所以只有長束親王會把這句話告訴皇太子。」

此外，若認定長束是盟友的話，就可以解釋為什麼皇太子對長束陣營的事瞭若指掌。雖然這種推測不足以斷定，但他認為值得孤注一擲。

他之前在谷間生活了一個半月期間，曾經聽說長束就住在谷間和中央花街中間。結果他在連滾帶爬逃出隧道之後，沒有跑回中央，而是直奔長束的宅邸。

「多虧你的機靈，救了我和殿下。」澄尾感激不已地握住了雪哉的手。

「雪哉，真的很慶幸你幫助我皇弟，我也要向你道謝。希望你以後無論檯面上和暗地裡，都要繼續支持他。」

就連長束也這麼說，雪哉感到坐立難安，慌忙把被澄尾握住的手抽了回來。

「你們別再說這種話了，事到如今，已經不需要我了。」

更何況滿一年之後，雪哉就要回去垂冰了。既然已經知道想要殺害皇太子的凶手，他已經完成了最低限度的約定。

沒想到澄尾和長束完全無視雪哉本人的意志，說了完全出乎他意料的話。

「怎麼可能有這種事，你當然要繼續留在朝廷當殿下的親信。」

「不會有任何人有意見的。想到奈月彥從此有了參謀，我也就放心了。」

「……啊？」

他們的態度有點奇怪。雪哉感到哪裡不對勁，皺起了眉頭。

「你們在說什麼啊？我只是地家的次子，即使去了朝廷，最多也只能打雜而已。」

「別開玩笑了！」長束一笑置之，開朗地說道，「你不是北家家主的孫子嗎？在山內身分最高的孩子之一，竟然開這種玩笑。」

「皇兄！」皇太子緊張地制止道。

不過，長束不知道是否因為鬆了一口氣，無法收起打開的話匣子，澄尾也無法住嘴。

「等到二十一歲，你就可以靠蔭位制加入高官的行列。」

「以你的實力，會比你的表哥喜榮更加出人頭地的。」

「如果可以趁這個機會拉攏北家就太好了，只要你直接把皇太子的現狀告訴北家族下的宮烏……」

「皇兄！」皇太子再度尖聲叫了起來，長束才終於住了嘴。

剛才一直神情愉悅地滔滔不絕的澄尾看著雪哉，也突然露出緊張的表情。

「……雪哉，你怎麼了？」

即使澄尾這麼問，他也不知道該怎麼回答。

「你果然是北家的人吧？只要看你的長相，就知道身上流著北家的血。」路近不理會現場的氣氛，慢條斯理地問：「你說只有你的母親和其他兄弟不同，難道是說謊嗎？」

皇太子用壓抑的聲音回答說：「並沒有說謊。在垂冰鄉的三兄弟中，只有雪哉的母親是北家家主的女兒，他的哥哥和弟弟的母親都另有其人。」

「這樣啊！沒想到由側室生的兒子成為繼承人，真是太少見了。」路近說。

「不是側室，兩個母親全都是正室。」雪哉冷冷地反駁。

「兩個都是正室？什麼意思？」

皇太子的近臣突然態度大變，澄尾和長束都有點不知所措。

「路近，你可能不知道。因為無論在垂冰或是北領，我的生母是我父親的第一位正室這件事，都被當作沒有發生過，但我的母親的確是北家家主的次女。」雪哉沒有感情地補充道，「因為她天生身體虛弱，所以大家都認為她無法生孩子，也活不久。」

北家家主之前覺得短命的女兒很可憐，希望她至少可以體會普通人的幸福，想讓她嫁給自己喜歡的男人。於是她說出了垂冰鄉的嫡子，也就是雪哉的父親雪正的名字，母親似乎對父親一見鍾情。

對雪正來說，這段姻緣也來得正是時候。

當時是垂冰鄉鄉長的爺爺生了病，希望可以退休，但因為雪正年紀尚輕，所以親戚中有人認為是否將鄉長一職交給其他人。迎娶北家的公主成為正妻，足以讓這些聲音閉嘴。因此雪正娶了北家的公主之後，就接班成為垂冰鄉的鄉長。

接下來的幾年期間，雪哉的母親雖然躺在病床上，但日子過得很幸福。原本以為可能活不到一年的生命，沒想到活了兩年、三年。照理說應該是一件高興的事，但隨著雪哉母親的壽命越活越長，發生了一件傷腦筋的事。

北家家主開始擔心繼承人的問題。

北家家主知道女兒的身體雖然穩定，但並沒有恢復到可以生兒育女的程度。原本打算在女兒去世之後，讓雪正另外娶妻，但目前的情況延續下去，垂冰鄉的鄉長會一直無後。

不知道這是不是北家家主，對願意照顧女兒到死的男人，表達感謝之意。

在北家公主嫁到垂冰的第六年春天。北家家主問自己的女婿，是否願意娶側室？雖然不知道雪正是不是無法拒絕，總之雪哉的養母梓成了雪正的側室。

畢竟是北家家主親自挑選的人選，梓無論家世還是性格都無可挑剔，是一個完美無缺的女人。她來自效忠北家多年的中央貴族家庭，北家家主夫妻也把她當成自己的女兒疼愛。梓和雪正生下的長子是雪馬，北家家主得知後，就像自己有了孫子般喜不自勝。

但是嫁到垂冰鄉的北家公主得知這個消息後，簡直晴天霹靂，她是在雪馬出生之後，才得知雪正有了側室，而且對方竟然是和自己情同姊妹的梓。

原本在病床上過著幸福生活的北家公主怒不可遏，也可能是滿腔悲憤，她不顧一切地生下了雪哉，卻也斷送了性命。其實她在生孩子之前，就知道會有這樣的結果。但是雪哉的母親完全不顧眾人強烈的反對，執意要生下孩子，最後甚至來不及擁抱雪哉便香消玉殞。

此後，雪哉失去了母親，在梓的養育下長大。

「和皇太子殿下很像。」雪哉仍然面無表情地說：「雖然我是次子，但曾經有一段時間，北領認為我會把哥哥踢開，成為父親的繼承人。」

雪哉的母親去世之後，梓立刻成為雪正的正室，但這件事完全沒有意義。

那是雪哉五歲那一年。

他曾經比哥哥更早學會了難度很高的詩文，北家旗下的宮烏和垂冰的親戚都向父親試探，是否要廢除哥哥的嫡子身分。那些親戚肆無忌憚地到處謠傳，北家公主是被側室害死的，甚至有人故意大聲地明示，死去的北家公主太可憐了。

現在回想起來，覺得這件事很荒唐，但雪正當時真心為這件事煩惱。

雪正對北家家主察顏觀色，不敢光明正大地保護雪馬和妻子。梓無法依靠丈夫，親生兒子的地位又岌岌可危，當時她承受了很大的痛苦。

「當時我就覺得，到底是在開什麼玩笑！」

長束看到雪哉徹底輕蔑的態度，悄悄吞著口水。

「原來……原來你是因為這個原因，一直裝出廢物的樣子。」

「否則家裡不是會發生家變嗎？別看我這樣，我很愛我的家人。」雪哉回答時，知道自己的眼神咄咄逼人。「既然父親無法保護他們，不就只能由我來保護嗎？我身為垂冰的次子，必須保護家人。正因為這樣，我無法原諒這次的事。」

雪哉說完，突然看向皇太子開口問道：「所以您知道這一切？」

雖然雪哉以為自己的語氣很平淡，待說出口後，才發現語氣冰冷。

皇太子在雪哉毫無感情，就像看著路旁灰塵的眼神注視下，死心斷念地點了點頭。

「是的，我知道。」

「您是什麼時候知道的？」

「一開始，在招陽宮見到你時，就已經知道了。」

當時雪哉也自稱是「垂冰的雪哉」，不過他認為提起這件事是不智之舉。

「因此，您知道我發自內心討厭被別人視為北家人，而且還是在瞭解這件事的基礎上，把我視為北家的人加以利用？我現在終於明白了……」雪哉突然放聲大笑起來，「原來您想要利用我拉攏北家！」

在四家中，北家最有可能被拉攏，而且有益無害。

北家家主的孫子，也是在北領中具有最高血統的宮烏後代，若成為皇太子的近侍，會有什麼結果？

皇太子等人採取的所有行動，都是為了讓雪哉瞭解皇太子的現狀。之前帶雪哉去參加御前會議，是為了讓他瞭解四家的動向。特地安排他親眼目睹皇太子遭到襲擊的現場，應該也是為了讓他告訴北家家主或是喜榮。

『只要你能夠瞭解目前的狀況就足夠了。』

事到如今，雪哉終於瞭解澄尾之前說那句話的意圖了，原來是這個意思。

「在花柳街遭遇襲擊時，您是不是已經知道襲擊者是藤宮連？」雪哉瞪著澄尾問道。

「不，那是……」澄尾結巴了起來。

「沒想到追查之後，竟然發現了北家也牽涉其中的線索。你們完全沒有料到這種情況，對吧？」

「雖然是這樣，但是……」

「不能讓北家的人去調查北家，所以在得知襲擊者和北家有關之後，就立刻把我送去谷間隔離。在得知是北四條家的人擅自行動，襲擊皇太子之後，就馬上把我叫了回來，然後讓我去櫻花宮確認。是不是這樣？」

雪哉幾乎用怒吼的聲音確認，澄尾臉色大變，完全陷入了沉默。雪哉看到長束和澄尾面對自己時，猶如孩子般畏縮的樣子，感到很好笑。

「雪哉，你不要激動，先聽我們說。」

看到長束拼命解釋的樣子，雪哉淡淡地笑了笑。

「我很平靜啊！長束親王，您倒是很著急呢！」

回想起來，當初是長束推薦雪哉成為皇太子的近侍。可是在得知背後竟然有如此膚淺的算計，突然覺得原本一表人才的長束變得十分滑稽。

「請你聽我解釋！」長束用力擠出這句話後，走到雪哉的面前，說道：「我承認我和澄尾有這種算計，如果因此傷害了你，我感到很抱歉，也坦誠地向你道歉。但是，奈月彥不一樣！」

長束指著自己的皇弟主張道：「他並沒有聽從我和澄尾的建議。我們勸說了好幾次，希望可以透過你拉攏北家家主，但他從來都沒有同意。」

「否則就不可能在你成為近侍的第一天，就叫你做這麼多事，當初我曾經勸阻殿下……」澄尾也一口氣解釋道：「我說你是北家的公子哥，不要派你做這麼多事。但你比任何人更清楚他派了什麼工作給你，只有皇太子沒有把你當作北家的人來對待。」

「不，他的確把我視為北家的人。」雪哉冷然地開口說。

皇太子沉默不語，閉上眼睛，好像在承受這一切。

雪哉露出銳利的眼神看著他，繼續說道：「否則不可能把我趕去谷間一個半月。當初不是別人，而是我指出那件事和北家有關。無視我個人的身分是『垂冰的雪哉』，不讓我參與調查北家，不正是把我視為『北家的雪哉』嗎？」

當初說要帶雪哉去谷間的不是別人，正是皇太子。

「所以，你只是利用了我身上流著北家的血。」

遭到指責的皇太子露出有點為難，又有點難過的眼神注視著雪哉。

長束和澄尾看著他們，都不知道該說什麼，陷入了沉默。

「你冷靜一點。」旁邊突然伸出一隻手，粗暴地拍了拍雪哉的腦袋。

「路近！」雪哉不滿地斜眼瞪著他，卻發現路近的眼神很真誠。

「你說的這些話都太任性了。你希望別人這樣看你、這樣對待你，因為無法如願就大發雷霆。天下哪有這樣的道理？你不是傻瓜，只要稍微冷靜一下，應該馬上就能瞭解。」路近停頓了一下，繼續說道：「我完全無意袒護皇太子，但身為旁觀者聽了這些事，就覺得他這次和你保持距離的理由，完全合情合理。無論怎樣否認、無論多麼不願意，你身上流著北家的血這件事，都是無法否認的事實。在瞭解這件事的基礎上，不讓你參與調查北家一事，當然是正確的決定。光是沒有摻雜任何私情這一點，就應該加以稱讚，根本沒有理由指責。」

雪哉用簡直好像要殺人般的眼神看著路近。

「但這並不是把北家視為我的一部分加以認同，反而是擅自利用，我怎麼可能保持平靜！」

「在政治的圈子內，根本沒有餘裕去斟酌和謀略無關的人心裡在想什麼，到處都是利害關係，失去良心是理所當然的事。」路近淡淡地說出了犀利的言詞。

「你大吵大鬧說你不知道這種事，只能說你太天真了，這是自作自受。」

路近毫不留情面的話，讓雪哉忍不住火冒三丈。

「那你不也是被長束親王利用了嗎？」雪哉用力瞪著有點畏縮的長束說道，「你在無法明確瞭解長束親王是否真心的情況下，為他做了很多骯髒事，結果導致許多人都怕你、恨你。難道這不是被利用嗎？」

長束可能有點心虛，閉上了眼睛，默默承受著雪哉的指責。沒想到路近的態度和主子相反，露出了滿臉的笑容。

「我很高興自己有利用價值，這正合我意。」路近說完，似乎覺得很好笑，調侃道：

「小鬼，你不要搞錯了，我很清楚自己很適合壓制宮廷那些傢伙，而且我是在瞭解這件事的基礎上做了這一切。」

路近一臉得意地表示，是他自己對長束說，如果有他的用武之地，請儘管利用他。雪哉難以理解這種事。

「更何況除了利用和被利用之外，彼此之間還存在什麼關係？所有人做任何事都是為了私心，這就是宮烏的圓滑和鑽營。我也是基於我的私利選擇跟隨長束親王，別人沒有資格對此說三道四。」

路近似乎對教訓雪哉樂在其中，雪哉無語地咬著嘴唇。

「你不也是為了自己才成為皇太子的近臣嗎？」路近斷言地道

「不是！」雪哉大叫著，「才不是這樣！」

路近完全無視雪哉的回應，自顧自地繼續說下去。

「敦房也一樣。之前，敦房和長束親王的利害一致，所以他們才會在一起。這一次，敦房為了自己的私利採取行動，但不符合長束的意志，就這麼簡單而已。」

雪哉聽聞頓時說不出話來。

路近探頭看著他的臉叮嚀道：「你不要被忠誠或是自我犧牲這種漂亮話給迷惑了。」

這種漂亮話只是……

「只是美麗的藉口。」路近很乾脆地說道。

雪哉被他的氣勢嚇到，整個人顯得有些悵惘若失，但隨著漸漸地體會出路近說的話，他實在很難以接受。

「這只是你這麼想而已，至少我不這麼認為。即使你基於個人得失，覺得被利用是如你所願，就認定敦房也和你一樣，這未免太輕率了。」

雪哉還是想相信，敦房是發自內心效忠長束。

而這也正是雪哉對皇太子和長束不信任的根源。

「也許敦房根本沒有背叛長束親王。」

「你說什麼？」

雪哉搖搖晃晃地站了起來，輪流看著路近和長束的臉。「也許敦房相信了長束親王說的話，為了長束親王建立了暗殺計畫。」

敦房知道皇太子不是阿斗。若照長束所說的，等待皇太子即位，不難想像永遠等不到長束治世的那一天。

無論敦房再怎麼表達這樣的意見，長束都不會接受，因為這正是長束內心的期望。如果敦房在情急之下，決定自己動手殺害皇太子，不弄髒主子的手，簡直太一廂情願了。

「難道敦房不是為了長束親王計畫了這次行動嗎？我當然也認為他的行為有問題。但是……他被他想要保護的人背叛，你們不覺得敦房很可憐嗎？」

這次的事件，難道不是敦房無法瞭解長束的真正想法導致的悲劇嗎？

「路近，請不要把你認為的常識套用在所有宮烏身上。」雪哉喘著粗氣低聲說道。

「這種氣勢不錯，我很欣賞你的態度。」路近從喉嚨發出了笑聲，仍然一臉開心的表情。「既然你這麼說，要不要親自去確認一下？」

「路近，」長束滿臉疲憊地叫著，「算了，我的確背叛了敦房，這件事確實無誤。」

「長束親王，您眼中的『確實無誤』和我所知的『確實無誤』似乎不太一樣。」路近說完，轉個皇太子問道：「皇太子殿下，對不對？我想讓他和敦房見面，沒問題吧？」

皇太子注視著路近的眼睛，誠懇地點了點頭說：「交給你處理。」

「那我就這麼辦了。雪哉，你跟我來吧！」路近的臉上露出可怕的笑容，用誇張的動作指了指門外說：「他就在隔壁那棟房子的庫房，你只要對哨兵說經過我的同意，他就會放行，你可以自己去瞭解敦房的真意。」

庫房內比想像中更黑暗，只有月光勉強從小窗照射進來，投下格子影子的明亮月光，讓無聲飛舞的灰塵閃著銀光。

敦房坐在那裡的樣子，看起來完全不像是遭到逮捕。他的雙手被銬住了，背靠牆坐著。他茫然地看著半空，察覺到走進來的雪哉，露出了意外的表情，但很快就鎮定地笑了笑。

「……真是做夢也沒有想到，會以這種方式見到你。」

「我也……」**我也一樣**。雪哉越說越小聲，最後語尾幾乎聽不到了。

「你看看，你害我變成了這樣，真是被你害慘了。」敦房若無其事地苦笑。

雪哉無言以對。**太奇怪了，這簡直就像是自己做了虧心事**。雪哉內心感到慌亂，視線飄忽起來，猝然瞧見敦房的衣服被染成了黑色。

「你的傷勢還好嗎？」

聽說敦房身上的血幾乎都是野獸的血，但刀傷是他自砍的真傷。

雖然問想要殺自己的男人這種問題很荒唐，但敦房落落大方地回答：「謝謝關心，原本就是很輕的傷。」

「這樣啊……」他們的談話中斷了。

雪哉正在思考該怎麼開口，敦房似乎也察覺到了。

「你是不是有事找我？」

雪哉聽到敦房平靜的探問，忍不住咬著嘴唇。

「你為什麼要做出這種事？」

「啊呀啊呀，你怎麼搶了山內眾的工作？」敦房開朗地笑了起來。

「好吧！我就特別回答你的問題。這全都是……為了長束親王，雖然最後失敗了。」

敦房說完，難過地低下頭。「即使我說不可輕視皇太子，也沒有人願意聽取我的意見，所以我別無他法。我不能讓皇太子殿下即位，必須在那之前幹掉他，這是唯一的方法……」

敦房接著歪著頭對雪哉說：「但這件事你要保密喔！因為這是我獨斷獨行的結果，長束親王完全不知情。」

「敦房，你別再說這種話了。」雪哉實在聽不下去，忍不住叫了起來。「你不需要再袒護他了，因為長束親王……」雪哉一度說不下去，雙手捂住了臉。「長束親王和皇太子殿下暗中聯手。」

雪哉很痛苦地說出這個事實。**敦房得知被他崇拜的主人背叛，不知道會有多難過。**

「……長束親王和皇太子殿下暗中聯手？」敦房平靜地反問。

雪哉聽聞用力閉上了眼睛。但是……

「我早就知道了。」

聽到敦房無動於衷的回答，雪哉懷疑自己聽錯了。他茫然地移開了遮住臉的雙手，和一臉納悶地看著他的敦房四目相對。

「路近那傢伙察覺到長束親王的想法，我怎麼可能沒有察覺？我知道長束親王真心想要讓皇太子殿下即位。」

敦房充滿憤慨的話，雪哉充耳不聞。

「我還知道路近選擇和長束親王合作。正因為如此，我今天才採取了行動，避免事情一發不可收拾。唉，只差了一步……」

敦房發自內心地感到懊惱。

「為什麼……」雪哉發問的聲音不住地顫抖，「為什麼？你不是發誓要效忠長束親王嗎？你剛才不是說，這次的事是為了長束親王嗎？」

「是啊！」

「既然這樣，你明知道長束親王擁護皇太子，為什麼還想要殺皇太子呢？」

「因為不管長束親王的希望如何，都無關緊要。」

敦房似乎覺得雪哉明知故問。

「啊？」雪哉忍不住驚叫一聲。

「對長束親王而言的理想，其未來顯而易見。只要為長束親王著想，即便違反了他本人的意志，也應該要為了主公最理想的未來而盡力，這才是真正的忠臣。」

雪哉的手臂不知不覺中起了雞皮疙瘩。敦房到底在說什麼？

「……你所說的，對長束親王而言的理想未來，到底是什麼？」雪哉問。

雖然他內心有極度不祥的預感，但還是努力不讓想法浮現在臉上。

敦房露出了欣喜的表情，似乎正在等待雪哉問這個問題。

「那還用說嗎？當然是撫子公主嫁給長束親王後入宮，生下皇子。這個皇子也會在大紫皇后的祝福下，成為下一代金烏。這絕對是最完美的未來。」

雪哉聽了敦房的這番話，想起了以前聽說過的南家情況。

撫子是南家家主的女兒，也是大紫皇后的姪女，更重要的是，她也是敦房的表妹。

想到這件事，雪哉忍不住屏住了呼吸。

「……這不是為長束親王所描繪的未來，而是你和大紫皇后期望的未來吧？」

「都一樣。」敦房回應得很乾脆。

「無論長束親王在想什麼，他最終會如大紫皇后所願，不得不成為金烏，所以我只能採用這種方法。」敦房挺起胸膛，繼續說道：「都怪長束親王和南家家主有那種愚蠢的想法，事態一定會朝著大紫皇后所願的方向發展，他們竟然想要違背她的旨意。為了避免長束親王繼續招致大紫皇后的不滿，在皇太子即位之前，就由我來殺了皇太子。」

敦房的話中有一種難以形容的不舒服，慢慢從雪哉的腳下爬了上來。

「太奇怪了。」雪哉輕聲嘀咕著。

敦房聽聞抬起了頭問：「什麼太奇怪了？」

「如果你真是長束親王的忠臣，為什麼不和長束親王一起對抗大紫皇后？」

「怎麼可能有辦法做到這種事？」

「我無法理解你所謂的做不到是什麼意思？因為你很優秀，在宮廷內不是也很有實力嗎？而且還有路近，長束親王本身也是很出色的人才。更何況，你當初不就是因為長束親王的器重，才會有今天嗎？」

敦房聽了雪哉的話，突然大聲笑了起來。

「這才是最好的證明啊！我姑姑嫁給了南家家主，長束親王才留意到我。而讓我遇見長束親王的不是別人，正是大紫皇后。」

敦房之前在招陽宮充滿懷念地說，『當初提攜了我』的人，真的是長束嗎？

「而且你提到路近，這真是太可笑了！路近那個傢伙來自南橘家，完全不需要做這種事，他根本一事無成。」敦房笑彎了腰，接著叫喊著說：「就是這麼簡單。在宮中，血緣和關係決定了一切。我的確很優秀，但如果姑姑沒有嫁入南家，我現在應該仍然穿著淡青色的官服。無論再怎麼優秀，一旦出生在弱小家庭，這種優秀就無法發揮任何作用。你不也是因為有北家的關係，才會在這裡嗎？」

敦房並沒有察覺，他的話深深刺進了雪哉內心最脆弱的部分。雪哉不知不覺地按住了胸口，茫然地看著敦房。

「我向你透露一個秘密，這一切都在她的計畫之中。這次的事件對大紫皇后來說，只是牛刀小試而已。」敦房露出了迷人的微笑，「我被抓之後，大紫皇后就確信長束親王背叛了她。不過，正因為被抓的是我，才能夠拯救長束親王的未來。」

雪哉猛然感到膽戰心驚，也聽不懂這句話的意思。**敦房到底在說什麼？**

「我為什麼甘於淪落到目前的境地？一切都是為了長束親王。只不過長束親王還不瞭解，我為什麼要做這件事！」

雪哉不自覺地悄然後退，但敦房沒有察覺，繼續滿臉陶醉地描繪著未來。

「大紫皇后一定會殺了皇太子，到時候長束親王就不得不成為金烏，這無關他本人的意志。到時候，只要大紫皇后一聲令下，我馬上就會回到中央。因此當一切結束之後，長束親王會感謝我。有朝一日，當長束親王在大紫皇后面前垂下頭時，會由我來安慰長束親王，為長束親王求情。長束親王會在大紫皇后的安排下成為新的金烏，撫子公主則會成為新的皇后，我也將成為長束親王身邊唯一的親信。」

敦房絲毫沒有放棄他之前的夢想。

雪哉咬著嘴唇，用力搖著頭說：「但長束親王並不希望這樣的未來。」

「他現在的確會感到不高興，但他終究會明白。」

敦房露出充滿希望的眼神，發自內心渴望那一天的到來。

雪哉覺得他的笑容，令人不寒而慄。

「當他抱著與撫子公主所生下的新任日嗣皇太子時，長束親王必定會恍然大悟。我就是為了這個瞬間而活，為了長束親王而活的真正忠臣啊！」

雪哉聽聞相當錯愕，腦海中浮現了路近剛才說的話。

『不要被忠誠或是自我犧牲這種漂亮話迷惑了。這種漂亮話只是……』

「只是美麗的藉口……」雪哉怔怔地嘀咕，覺得全身泛起陣陣雞皮疙瘩。「你、你才不是什麼忠臣，雖然你口口聲聲說是為了長束親王，但其實是為了你自己。你只是做著對自己有利的夢，根本沒有為長束親王著想！」

敦房聽了雪哉的話並沒有生氣，只是露出平靜的微笑。

「你總有一天會瞭解的。只要你生活在宮中，遲早一定會瞭解。」

敦房的眼神並沒有失去理智，這反而令人更加毛骨悚然。

雪哉踉蹌地走出庫房，在門口迎接的皇太子態度和剛才完全一樣。看著說不出話的雪哉，僅說了一句：「我們去散步吧！」就轉身走去庭院。

雪哉無力反對，跟在皇太子身後。

「敦房當初是因為他的姑姑嫁給南家家主，生下了撫子，才有機會擠進高官的行列。我之前就隱約有一種不祥的預感。」

對敦房來說，長束是否和撫子結婚，關係到他的血統能否會進入宗家。只有還俗的長束，對他來說，才是有意義的主子，因此他難以接受長束發自內心不想還俗的事實。

「每當皇兄和南家家主表現出旁觀的態度，敦房就更加坐立難安。」

比起長束和南家家主，敦房的想法更接近大紫皇后。

一旦撫子和長束結婚，和自己有血緣關係的八咫烏將成為新的金烏，如此一來，敦房的地位也跟著雞犬升天，至今為止毫無實力的家族也將得到安泰。

因此，敦房和利害關係一致的大紫皇后，把皇太子視為眼中釘。

「對敦房來說，其實並不是非長束親王不可……」

「不，非皇兄不可。」

「您還不瞭解嗎？都一樣。」

皇太子陷入了沉默，似乎在細細體會雪哉說的話，然後嘆了一口氣。

「你剛才離開後，路近說：『在政治的圈子內，失去良心是理所當然的事。敦房應該承認這一點，但他硬要把自己想成是忠臣，所以才會出問題。』路近還說，他就是討厭敦房的這種個性。『他不僅欺騙他人，甚至欺騙了自己的內心，根本搞不清楚什麼是真，什麼是假。』」

雪哉聽了，沒有表達任何意見，無精打采地走在皇太子身後。

事到如今，他已經不想再指責皇太子。

月光下，皇太子頭也不回地繼續說：「敦房說的話基本上都是事實。只要我死了，皇兄就不得不成為代理金烏。」

長束發自內心擁護皇太子，路近也會繼續追隨長束，不過，如果皇太子死了，所有的情況都會不一樣了。

雪哉想起路近之前說過的話。「『既然要動手，就非成功不可』，這句話原來是這個意思。」

「沒錯，只要我還活著，路近就不可能違背長束的意思對我下毒手。相反地，他應該會全力保護我。」皇太子說到這裡，露出了苦笑。「但是，當我因為某種原因死了，他一定會很高興長束成為代理金烏。我相信除了路近以外，還有其他宮烏也這麼想。」

雪哉終於正確瞭解到，無論是像敦房那種認知的人，還是和路近想法相近的人，本質上都不可能成為皇太子的盟友。

「因此，雪哉，雖然你似乎對於我選擇了你感到很生氣，但我並沒有半句謊話。我真的需要可以信任的、堅強的盟友。」

一陣風吹來，被月光鑲了銀邊的浮雲飄過漆黑的夜空。月光明亮，空氣中卻帶著雨的味道，應該很快就會下雨了。

「您想說什麼？」雪哉的嗓子破了音。

皇太子停下腳步，地上的圓碎石發出了輕微的聲響，好半晌才轉頭看著他。

「我不會強迫你，但你是否願意按照自己的意志支持我？」

風吹動著皇太子的黑髮。月光映照著他白淨的臉龐。

這個男人英俊而又討厭，但雪哉認為他也是一個溫柔的男人。

雪哉目不轉睛地注視著皇太子的臉，約莫過了片刻，才小心謹慎地開口。

「……我知道自己現在說這種話很卑鄙，但北家的白珠是我的堂姊……我瞭解你對四家公主的體貼，內心得到了一絲救贖。」

至少皇太子並不單純只將四位公主視為政治工具。

皇太子的確很任性，很冷漠，也很容易招致誤解，但和他在一起並不壞。

雪哉好似在欣賞花一樣打量著皇太子端正的臉龐。

「我當初之所以想成為您的近侍，是因為您不是選中我的家世，而是看中我這個人。」

雪哉怔怔地說：「當您說我值得信任時，我真的很高興。」

不等皇太子開口，他又補充說：「現在仍然這麼覺得。」

「你值得信任。」

「我瞭解了。」雪哉下定了決心，打算賭一下。「如果您答應我的請求，我就願意當您的近臣。」

他直視著皇太子的眼睛，皇太子毫不猶豫地點了點頭。

「你的請求是什麼？但說無妨。」

「如果您真心希望我當您的下屬，」雪哉沒有移開視線，也不想移開視線，「那請您放棄日嗣皇太子的地位。」

「……你是在開玩笑嗎？」皇太子緩緩閉上了眼睛。

「不。」雪哉絕對沒有開玩笑。

「幸好您和皇兄之間的感情很好，所以不一定要站在頂點。既然宮廷上下都希望長束親王即位，那就讓給長束親王，您為什麼要不惜冒著生命危險當金烏？」

皇太子沒有回答。兩個人都沒有吭氣。

一陣微風吹皺了池塘的水面——

雪哉注視著皇太子的眼睛，淡淡地向他吐露了心情。

「我並不討厭您，如果可以，我不希望您死在這裡。」

皇太子依舊沒有回應。

雪哉繼續說道：「我不知道您為什麼會被稱為金烏，也不知道是基於多麼崇高的理想，有什麼目的想要成為金烏？但這些事有這麼重要，值得您拿生命去交換嗎？」

皇太子的眼眸深處微微閃爍著。

「……即使如此，」皇太子沉思良久後開口，卻沒有回答雪哉的疑問。「如果失去了金烏的身分，我便一無所有了。」

雪哉聽到皇太子平靜的回答，感到有些受傷，他閉上了眼睛。

老實說，雪哉漸漸喜歡上皇太子。即使這個人令人火大，也很任性，話還經常說得不清不楚。雖然他有很多問題，讓人無法坦誠表達好感，即便如此，雪哉還是無法討厭他。

雪哉知道自己提出了非份的要求，也不認為皇太子會答應他的請求，卻仍然覺得遭到了背叛。**應該是自己太任性了。**

如今，他能夠意識到自己提出了無理要求。因為他不想成為像敦房那樣的人，所以無論如何都不能露出受傷的表情。

「既然這樣，我只能說您是自作自受。真是太遺感了！」

雖然雪哉露出冷漠的表情說了這句話，但在內心深處，為無法成為這個男人的心腹感到極度遺憾。

「那您就死在我不知道的地方，和我無關的地方。」

寬烏七年，櫻月之際。

從五位*守刑部少輔*南大宮敦房，因企圖暗殺皇太子遭到逮捕。

翌年春天，皇太子從櫻花宮挑選了一名公主之後，雪哉便辭職回到了北領垂冰鄉。

雪哉擔任日嗣皇太子的近臣約一年，幾乎和當初約定的期限無異。

從「近臣雪哉」恢復到「垂冰的雪哉」的身分。

長束和其他眾多宮廷之士惋惜不已，紛紛慰留，但雪哉皆置若罔聞。

有一名官人見狀，調侃他「愚蠢之至」。

雪哉笑著回答——

正所謂「愚蠢一世，聰明一時」。

---

*注：從五位，為日本官階與神階的一種，位於正五位之下，正六位之上。古代的日本位階制度來說，從五位下以上者為貴族。

*注：刑部省，是日本古代律令制下的八省之一，主掌全國司法，判決重大事件並執行刑罰。刑部少輔，為刑部省職員，官階為從五位下。

烏鴉不擇主【八咫烏系列・卷二】

作　　者　阿部智里 Chisato Abe
譯　　者　王蘊潔
發 行 人　林隆奮 Frank Lin
社　　長　蘇國林 Green Su

出版團隊

總 編 輯　葉怡慧 Carol Yeh
日文主編　許世璇 Kylie Hsu
企劃編輯　許世璇 Kylie Hsu
責任行銷　朱韻淑 Vina Ju
　　　　　姜期儒 Rita Chiang
封面設計　許晉維 Jin Wei Hsu
版面構成　譚思敏 Emma Tan

行銷統籌

業務處長　吳宗庭 Tim Wu
業務主任　蘇倍生 Benson Su
業務專員　鍾依娟 Irina Chung
業務秘書　陳曉琪 Angel Chen
　　　　　莊皓雯 Gia Chuang

發行公司　精誠資訊股份有限公司
　　　　　悅知文化
　　　　　105台北市松山區復興北路99號12樓
訂購專線　(02) 2719-8811
訂購傳真　(02) 2719-7980
專屬網址　http : //www.delightpress.com.tw
悅知客服　cs@delightpress.com.tw
ISBN : 978-986-510-184-8
建議售價　新台幣３６０元
首版一刷　２０２１年11月

國家圖書館出版品預行編目資料

烏鴉不擇主 / 阿部智里 著；王蘊潔譯.
-- 初版. -- 臺北市：精誠資訊, 2021.11
面；　公分
ISBN 978-986-510-184-8 (平裝)
861.57　　　110017594

建議分類｜文學小說・翻譯文學

※書封插畫設計：名司生 Natsuki